강상범 장편소설

궁상각치우

궁상각치우 훈민정음을 연주하다

역박연

	첫소리	007

가운뎃소리

一	악기의 왕	011
二	황종율관	021
三	신하의 나라	029
四	아설순치후	045
五	소리를 해부하다	063
六	악가무	087
七	일성정시의	099
八	조선의 첫소리	105
九	조선의 가운뎃소리	129
十	흑룡	139
十一	훈민정음 코드 一	151
十二	훈민정음 코드 二	171
十三	조선의 소리를 새기다	193
十四	황제의 나라	209
十五	종묘제례악	227

	끝소리	237

	주석	243
	부록 一	253
	부록 二	261
	참고문헌	269

일러두기
- 본문의 별색 궁서체 문장은 문헌에 나온 구절들을 그대로 인용하였다.
- 본문의 대화도 『조선왕조실록』과 『훈민정음해례본』에 실려 있는 내용들을 활용하였다.

첫소리

『궁상각치우: 훈민정음을 연주하다』는 음악으로 만들어진 훈민정음의 비밀을 풀어내는 세종대왕 코드이다. 궁상각치우宮商角徵羽는 중국의 전통 음계로 서양 음계 '도레미솔라'에 해당된다. 훈민정음의 제자원리를 밝히는 데 결정적인 비밀코드가 바로 '궁상각치우'이다.

『훈민정음해례본』은 세종대왕이 직접 쓴 「서문」과 「예의」 집현전 학자들이 설명한 「해례」 그리고 정인지의 「서문」으로 구성되어 있다.
  "지혜로운 자는 아침 한나절이면 배우고, 우매한 자도 열흘이면 배울 수 있다."
  정인지의 「서문」에 나오는 한 구절이다. 훈민정음을 한나절 만에 배울 수 있다면 그 원리 또한 간단하고 쉽지 않을까?
  그러나 성리학으로 해석한 훈민정음은 복잡하고 어렵다. 특히 애매하다.

『훈민정음해례본』에서 세종대왕과 집현전 학자들의 관점은 분명한 차이를 보인다.

첫째, 기본자음이 다르다.

세종대왕은 기본자음으로 'ㄱ, ㄷ, ㅂ, ㅈ, ㆆ', 집현전 학자들은 'ㄱ, ㄴ, ㅁ, ㅅ, ㅇ'을 먼저 소개하였다.

둘째, 훈민정음을 해석하는 시각이 다르다.

세종대왕은 기본자음과 기본모음을 일관되게 '소리音'로 기술하였지만, 집현전 학자들은 음양오행과 천지인天地人을 본뜬 '성리학'으로 해석하였다.

마지막으로 오음五音 '궁상각치우'의 순서가 다르다.

세종대왕은 입술소리를 궁宮, 잇소리를 상商, 어금닛소리를 각角, 혓소리를 치徵, 목구멍소리를 우雨로 소개하였다. 그러나 집현전 학자들이 참고한 중국 운서에는 궁宮과 우雨의 순서가 반대이며, 아직도 세종대왕이 제시한 궁상각치우의 배열을 명쾌하게 밝히지 못하고 있다.

이는 지금까지 우리가 집현전 학자들의 해석으로 알고 있는 훈민정음의 제자원리가 세종대왕의 의도와 다를 수 있음을 시사한다.

기본자음은 무엇인지, 자음과 모음의 모양은 어떻게 만들어졌으며 정확한 위치는 어디인지, 입안의 조음위치에 해당되는 '궁상각치우'의 올바른 순서는 무엇인지. 이러한 모든 훈민정음의 의혹을 풀려면 세종대왕이 「예의」에서 일관되게 거론한 '소리音'라는 단어에 집중해야 한다. 그리고 그 소리를 음계에 맞게 증명해야 한다.

『궁상각치우: 훈민정음을 연주하다』는 세종대왕이 훈민정음에 무엇을 숨겼는지, 왜 숨겨야 했는지, 왜 그토록 음악에 집착했는지 그동안 밝히지 못한 세종대왕의 속사정을 시원하게 파헤친다.

  이 소설을 읽고 나면 지금까지 경험해 본 적 없는 훈민정음의 세계를 맛보게 될 것이다. 먼저 기존과 전혀 다른 방법으로 훈민정음의 자음과 모음을 정확히 발음할 수 있을 것이다. 『훈민정음해례본』에 실린 훈민정음의 어려운 원리와 내용 또한 쉽게 이해할 수 있을 것이다. 마지막으로 다른 언어의 발음에도 도움이 될 것이다. 이는 이 책이 단순한 허구가 아니라 철저한 문헌자료의 고증으로 새롭게 창작된 '팩션'이란 의미이다.

이제 세종대왕이 600년간 『훈민정음』에 숨겨 두었던 비밀의 문이 열린다.

가운뎃소리 一 악기의 왕

1419년, 조선 궁궐

매미 날개 품은 모자를 쓰고, 금으로 용의 무늬를 수놓은 옷을 입은 채 거문고를 연주하는 이가 있다. 괘를 짚는 왼손의 놀림과 오른손에 쥔 술대가 현 사이를 오고 가며 춤을 췄다. 술대에 부딪힌 대모玳瑁의 질긴 가죽마저 찢어질 정도로 그의 손길에서 간절함이 느껴진다.

거문고 연주를 멈춘 그는 조선의 4대 왕 세종이다. 세종은 자신의 연주를 경청하던 신하들을 쳐다봤다.
"거문고 소리가 어떠하오?"
좌의정 맹사성이 풍채만큼이나 넉넉한 웃음으로 먼저 입을 열었다.
"거문고의 중후한 소리가 마치 우리 선조들의 음악인 향악을 들려주는 듯합니다."

악학별좌 박연이 머리를 조아렸다.

"소신은 어려서부터 중국 음악인 아악을 공부했습니다. 분명 중국 악기와는 다른 소리입니다."

세종은 음악을 관장하는 기관인 악학樂學에 남다른 정성을 쏟았다. 맹사성과 박연은 악학의 책임자였다.

박연이 말을 마치자 세종의 왕세자 시절 성균관에서 동문수학한 강원이 목소리에 힘을 주었다.

"왕산악은 거문고에 고구려의 힘찬 기상을 담았습니다. 전하의 거문고 소리는 그 기백을 끄집어내는 것 같습니다."

강원은 유학 사상을 배웠으나 고구려 장군의 후손답게 담대하고 진취적이었다. 음악과 음운에도 소질이 뛰어나 신하들은 그를 세종의 말동무라 불렀다.

거침없는 강원의 대답에 세종이 당황하며 화제를 돌렸다.

"중국에는 공자를 비롯하여 역대의 문인들이 가장 사랑해 온 칠현금七絃琴이라는 악기가 있지 않으냐?"

강원은 친명파 신하들의 시선을 개의치 않고 말을 이었다.

"칠현금은 중국의 자존심인 악기이오나, 거문고는 낮고 중후한 소리에서 높은 소리까지 모두 낼 수 있어 세상의 모든 악기를 품을 수 있습니다. 또한 머리는 용을, 꼬리는 봉황을 닮은 것이 칠현금을 뛰어넘는 악기의 왕이라고 할 수 있습니다."

'백악지장百樂之丈 악기의 왕'

그때, 거문고에 새겨진 용과 봉황이 꿈틀거리더니 거문고에서 빠져나와 궁궐 안을 몇 번 돌다 하늘 위로 날아올랐다. 용과 봉황은 곧 깊은 산속 폭포 옆에서 울려 퍼지는 악기 안으로 들어갔다.

고구려 광개토왕 11년(약 1000년 전), 깊은 산속 폭포 옆

덩~기 둥~ 바람이 흥겹게 노래를 부르고,
슬~기 덩~ 바위 폭포가 맞장구를 치며,
스~르럭~ 지나가던 학이 선율에 맞춰 어깨춤을 춘다

악기 소리는 땅의 묵직함에서 천상의 고음까지 자유자재로 넘나들었다. 자연의 소리를 그대로 흉내 내는 악기의 현絃이 악사의 손과 함께 떨고 있었다. 갈라진 그의 손가락에서는 아픔보다 기쁨의 떨림이 더했다.
"세상의 소리를 오롯이 악기에 담기 위해 홀로 깊은 산속에서 고군분투한 지 몇 해인가!"

몇 년 전, 중국의 진晉나라가 고구려에 자신의 음악이 뛰어남을 보여 주기 위해 칠현금을 보냈다.

고구려 광개토왕이 신하들에게 불호령을 냈다.

"진정 이 악기를 다룰 줄 아는 고구려 사람이 없단 말이냐?"

칠현금의 소리와 연주법을 미처 몰랐던 신하들은 고개를 들지 못했다.

"고구려 전역에 포상금을 걸고 칠현금을 연주할 줄 아는 악사를 수소문하고 있으나 아직 기별이 없습니다."

광개토왕의 짙은 눈썹이 꿈틀거렸다.

"이대로 고구려의 자존심이 무너진단 말이냐?"

그때 나랏일로 지방에 다녀온 고구려 재상 왕산악이 광개토왕에게 인사를 올렸다. 평소와 달리 황제의 용안이 어두운 연유를 알게 된 왕산악은 칠현금을 한번 쭉 훑어보았다.

"폐하! 연주하기 어려운 칠현금은 수준 높은 악기라 할 수 없사옵니다."

음악에 조예가 깊었던 왕산악은 주변의 의심스러운 눈초리에도 아랑곳하지 않았다.

"소리가 깊고 힘차면서도 배우기 쉬운 악기를 만들어 보이겠습니다. 고구려도 진나라보다 멋진 악기를 가질 수 있사옵니다."

고구려의 자존심을 세우기 위해 자진해서 숲속으로 들어온 왕산악이었다.

몇 년 후, 왕산악은 칠현금의 모양을 크게 개조하여 악기를 만들었다. 바로 4현 17괘의 거문고가 탄생한 것이다. 광개토왕은 왕산악이 건네준 거문고를 천천히 어루만졌다.

'커다란 악樂은 반드시 쉽고, 커다란 예禮는 반드시 간단하다.'

광개토왕의 웅장한 거문고 소리와 함께 하늘에서 용과 봉황이 내려와 다시 조선의 궁궐 안을 몇 번 돌다 세종의 무릎 위에 있는 거문고 안으로 들어갔다.

다시 조선 궁궐

'악기의 왕'

강원의 거침없는 발언에 분위기는 순식간에 냉랭해졌다. 친명파 부제학 최만리가 불편한 심기로 강원을 노려봤다.
"조선은 명나라를 섬기는 신하의 나라로 명나라를 뛰어넘는 존재가 될 수 없는 법이거늘 어찌 말을 함부로 하는가?"
친명파들의 항의가 거세지자 대제학 정인지가 나섰다.
"거문고의 금琴이란 금禁하는 것이니, 악기에 대한 논쟁은 그만 삼가는 게 좋겠습니다!"
정인지는 거문고를 현금玄琴이라고 부르는 점을 빗대 말한 것이었다. 이를 알아차린 세종이 크게 웃으며 말했다.

"그래. 단지 악기일 뿐이지 않소?"

그러나 세종은 명나라의 칠현금을 뛰어넘는다는 강원의 말에서 중국 음악을 뛰어넘으려 했던 왕산악의 기백이 느껴져 가슴이 뭉클했다.

말을 아끼는 세종을 대신해 맹사성이 입을 열었다.

"거문고는 음악을 통솔하는 악기이므로 군자가 거느린다면 마땅히 백성들을 바른길로 나가게 할 수 있을 것입니다."

세종이 맹사성의 배려에 기분 좋게 웃었다.

"향피리 연주만 잘하시는 줄 알았는데 말씀도 잘하십니다! 하, 하, 하!"

경연 자리가 끝나자 박연과 맹사성 그리고 강원이 남았다. 세종은 음악에 조예 깊은 이들과 토론할 때면 시간이 가는 줄 몰랐다.

"내 일찍이 경들과 거문고 켜는 것을 좋아했는데 항상 궁금한 점이 있었소. 가야금을 비롯한 다른 현악기들은 현의 배열이 굵기 순으로 일정한데, 거문고는 왜 현의 배열이 불규칙한지 모르겠소!"

세종은 왕산악이 만든 4현 17괘 거문고를 찬찬히 살폈다.

맹사성이 자신 없는 목소리로 고告했다.

"정악과 민속악에 맞는 현 사이의 음을 조율하여 더욱 풍성한 소리를 내기 위함인 것 같습니다. 하지만 현의 배열이 불규칙한 연유는 깊게 생각하지 못했습니다."

세종은 혼자 중얼거렸다.

"거문고의 악樂이란 참 묘하오!"

반면 박연은 거문고에 대해 확고했다.

"거문고 앞판은 오동나무, 뒤판은 밤나무로 만들어져 음양의 조화를 이루며, 거문고의 길이는 4척尺 5촌寸으로 사시오행四時五行을 상징합니다. 그래서 성리학을 배우는 조선 선비들이 가장 사랑하는 악기입니다."

강원은 불현듯 책의 이름을 떠올렸다.

"음악과 음운을 다룬 율려신서律呂新書라는 책이 있는데, 요즘 명나라에서 장안의 화제랍니다."

세종은 어려운 문제를 풀 열쇠를 찾은 것처럼 기뻐했다.

"다음 경연에는 율려신서에 능통한 명나라 악사의 강연을 준비하도록 하게나!"

경연이란 왕들과 신하들이 여러 방면의 주제를 두고 토론하는 시간이다. 세종은 즉위한 뒤 경연을 자주 열어 신하들에게 질문을 던지고 경청하는 것을 좋아했다. 특히 경연을 통해 신분에 상관없이 뛰어난 인재를 가까이 두었다.

'경들의 말이 아름답도다!'

1420년, 창덕궁 선정전

『율려신서』가 조선에 도착한 후 세종이 신하들과 음악에 대해 논하는 경연이 많아졌다. 세종은 자신을 빤히 쳐다보는 신하들에게 주제 하나를 던졌다.

"공자孔子는 바른 인간을 양성하기 위해 음악이 필요하다고 하였소."

' 치세지음治世之音 세상을 다스리는 음악 '

나이가 지긋한 영의정 황희의 하얀 수염이 흔들렸다.

"조선은 본디 공자의 유학 사상을 받들어 그 예악禮樂을 중시하고 있습니다. 특히 공자는 요순시대의 태평성대를 이루기 위해 예악을 회복해야 한다고 여겼습니다."

학문에 깊이가 남다른 대제학 정인지도 황희를 거들었다.

"음악樂은 같음을 추구하고, 예禮는 다름을 추구합니다. 같으면 서로 친하고, 다르면 서로 공경하기 때문에 예악은 사대부와 백성에게도 좋은 교육수단이 될 수 있습니다."

음악이라는 말에 박연이 기다렸다는 듯이 『예기』와 『악기』에 나온 구절을 천천히 읊었다.

"시를 읽으면 흥이 일어나고, 예절로써 바로 서는 반듯한 사람이 될 수 있으며, 음악으로써 모두 다 이루어지게 된다고 하였습니다."

'흥어시 興於詩, 입어례 立於禮, 성어악 成於樂'

박연의 말에 세종이 흡족한 표정을 지었다.
"그렇다면 조선의 태평성대를 위해서라도 백성들에게 음악을 가르쳐야 하지 않겠소?"
명나라의 군신 관계를 목숨보다 중시하는 친명파 명남明男이 거세게 항의했다.
"그건 불가합니다. 음악이란 사대부의 것인데 어찌 신분이 천한 백성들을 거느린단 말입니까?"
명남이 이렇게 세종 앞에서 무례한 어투로 말할 수 있는 이유는 따로 있었다. 그는 명의 사신으로 조선에 드나드는 환관宦官 염표의 고향 후배였는데, 염표가 조선을 감시하기 위해 심어 둔 첩자가 바로 명남이었다. 명의 남자를 상징하는 뜻으로 자신의 이름을 바꿀 정도로 그는 명나라의 백성임을 자처했다.
명남의 비아냥거리는 말투에 강원이 쏘아붙였다.
"조선을 세운 이념은 출신과 상관없이 능력만 있으면 출세할 수 있는 민본주의요!"
원래 도끼눈을 가진 명남의 눈이 더 가늘어졌다. 이를 본 맹사성이 침착하게 반박했다.

"공자의 스승도 악사였으며, 중국의 유학 사상에서도 음악은 단순히 정치뿐만 아니라 교육적인 수단으로 사용한다고 하였소. 당연히 백성들에게도 필요하오!"

명남이 화를 내면서 고함을 질렀다.

"백성들이 음악을 할 시간이 어디 있소? 밭에서 소처럼 부지런히 일만 해도 하루가 부족하오! 또한 조선의 사대부는 오로지 중국의 아악만을 해야 합니다. 명나라의 신하임을 명심하시오!"

여기저기서 친명파들의 동조하는 목소리가 높아지자 황희가 신하들을 자제시키며 세종에게 정중히 아뢰었다.

"지금 조선의 백성은 먹을 게 없어 하루를 연명하기가 어렵습니다. 음악보다 백성들을 먹여 살리는 게 우선인 듯합니다."

세종이 황희의 의도를 눈치채고 음악 경연을 일찍 파했다.

'백성이 없다면 나라가 무슨 소용인가?'

二 황조가물관

가운뎃소리

1423년, 경회루 옆 초가집

조선의 벌판은 황량하고 초가집 굴뚝에서 연기를 본 지 오래였다. 노인과 아이들은 뼈가 앙상한 채 마루에 누워 있고, 굶어 죽는 사람들의 장례를 치르느라 마을마다 곡소리가 끊이지 않았다. 조선은 세종이 왕위에 오르고 몇 년째 극심한 기근에 시달렸다. 세종은 백성들과 어려움을 같이하고자 신하들의 반대에도 불구하고 경회루 옆에 초가집을 지어 그곳에서 지냈다.

영의정 황희는 수척해진 세종을 걱정스러운 눈빛으로 바라봤다.
"초가에서 지내신 지 이 년 사 개월이 지났습니다. 옥체를 보존하시어 궁궐로 드시지요!"
세종이 바짝 마른 입술을 힘겹게 열었다.

"짐만 기와지붕 밑에서 편히 지낼 수 없지 않소? 기근이 심각하여 인육을 먹는다는 얘기가 돌 정도라 들었소. 백성들을 배불리 먹일 방법은 없단 말이오?"

할 말이 많은 듯 명남이 삐뚤어진 입을 실룩거렸다.

"몰래 소나무까지 캐어 먹는다고 합니다. 아무리 배고파도 소나무에 손을 대다니, 엄하게 벌하십시오. 그리고 사대부의 무서움을 보여야 합니다."

왕실에 대한 사대부들의 지조와 절개를 상징하는 소나무는 나라에서 엄격하게 관리해 왔다. 심한 기근 때조차도 손을 대는 이가 없었다.

"소나무도 백성이 없으면 그만이다. 휘어진 소나무 껍질을 벗기고 죽을 쑤어 백성들의 배를 채우게 하여라!"

왕은 백성을 하늘로 삼고, 백성은 밥을 하늘로 삼는다

세종의 단호한 태도에 친명파들은 입만 삐죽거릴 뿐 거역할 수 없었다.

세종은 역법曆法에도 밝은 정인지에게 물었다.

"지난번 개기일식일 때 천문관리인 이천봉이 일식 예보를 틀리게 예측한 이유가 무엇이오?"

'관상수시 觀象授時 하늘 모양을 보고 백성에게 때를 내려 준다.'

농사에 도움을 줄 수 있도록 절기와 시간을 알려 주는 것은 제왕으로서 무엇보다 중요한 일이었다.

정인지는 열일곱 살에 문과 장원급제를 할 정도로 여러 방면에 뛰어난 수재였다.

"단지 중국의 달력이 조선의 실정과 달라서 그렇습니다. 한양의 정확한 위도와 경도를 알아야 조선의 시간을 알 수 있습니다."

세종은 속이 타는지 마른침을 삼켰다.

"날씨와 시간을 모른다면 어떻게 농사를 짓는단 말이오?"

고개를 들지 못하는 신하들 속에서 어린 세자만이 몸을 꼿꼿이 세웠다.

"농사에 필요한 강수량을 정확히 측정하기 위해 물이 새지 않는 측우기를 구상해 봤습니다."

세종은 기특한 마음에 어린 세자를 격려했다.

"그래. 백성을 걱정하는 마음이 세자답구나. 제작은 장영실과 논의하라!"

정인지가 잠시 머뭇거리다가 아뢰었다.

"하지만 길이를 재는 자가 정확하지 않아 조선의 경도와 위도를 찾는 것이 불가합니다."

조선의 천문, 조선의 시간을 갖는 것은 그리 쉬운 일이 아니었다.

세종과 세자의 말을 유심히 듣던 강원이 심각한 표정으로 짙은 눈썹을 실룩거렸다.

"문제는 도량형입니다. 전부 명나라의 잘못된 척도만을 그대로 사용하라고 하니, 조선의 도량형이 맞을 수가 없습니다."

맹사성이 차분한 목소리로 설명했다.

"서양과 동양은 도량형을 만드는 방법이 너무나도 다릅니다. 서양에서는 왕의 신체를 기준으로 삼지만, 동양은 음악으로 도량형을 정비합니다."

아악에 밝은 박연이 부연 설명했다.

"동양음악의 기본음계 십이 음률音律 중 가장 낮은 음을 황종음이라고 합니다. 이 황종음을 내는 율관, 즉 황종율관黃鍾律管이 도량형의 기준이 됩니다."

세종은 박연의 말을 곰곰이 되씹었다.

'음악이 도량형의 척도이다!'

박연은 동양음악의 기본인 황종율관 제작에 관심이 많았다.

"황종율관의 길이는 9촌寸으로 정합니다. 벼의 한 종류인 기장 알갱이 90개를 일렬로 늘어놓은 길이입니다. 부피는 기장 알갱이 1200개가 들어가는 관이며, 황종율관 두 개의 부피는 한 홉이 됩니다."

황종율관의 존재를 모르고 있던 신하들은 놀라워 입을 다물 수가 없었다.

"황종율관?"

세종은 여전히 굳은 얼굴로 신하들의 얘기를 듣고 있었다. 이에 맹사성이 조심스레 아뢰었다.

"그러나 중국에서 정한 기장의 알갱이가 조선에서 나지 않는 품종이며, 재배할 수가 없어 조선에 맞는 황종율관을 만들기가 어렵습니다."

박연은 이전부터 조선에서 직접 황종율관을 제작할 궁리를 하고 있었다.

"남쪽 지방에서 나는 기장으로 만든 황종율관 중에서 중국 황종음과 비슷한 것을 골라 삼분손익법三分損益法으로 십이 율관을 만들면 됩니다."

강원도 율려신서에서 본 기억을 더듬었다.

"삼분손익법은 9촌인 황종율관의 길이를 삼등분하고, 그중 3분의 1을 빼면(삼분손일) 6촌인 임종율관이 되며, 임종율관의 길이 3분의 1을 더하면(삼분익일) 8촌의 태주율관이 만들어집니다. 이러한 과정을 차례로 반복하여 십이 율관의 길이를 정하는 방법이 삼분손익법입니다."

이때 제작된 십이 율관을 길이 순서에 따라 배열한 뒤 소리를 내면, 음 간의 간격이 다소 불규칙한 십이 음률이 만들어지는데, 이를 우리 전통음악의 음계로 삼았다.

평소와 달리 신중한 목소리로 맹사성이 말했다.

"단, 황종율관을 삼분손익법으로 만들어진 십이 율관이 오음에 맞아야 그 황종율관을 도량형으로 사용할 수 있습니다."

박연이 거들었다.

"이를 확인하는 방법은 십이 율관 중 황종, 태주, 고선, 임종, 남려 다섯 율관이 내는 소리의 순서가 궁상각치우의 소리 순서와 일치하는지 맞춰 보는 것입니다."

'궁상각치우와 맞는 황종율관만이 도량형을 통일할 수 있다.' 세종은 박연의 말을 되새겼다.

확신에 차던 박연은 말을 잇지 못했다.

"전하! 하지만……!"

놀라움과 의심의 눈초리를 띠던 명남이 음흉한 웃음으로 박연을 째려봤다.

"명나라의 황종율관을 포기하는 것은 신하의 도리가 아니며, 명나라에 대한 배신이라는 걸 모르시오? 이 모든 사실을 명나라의 사신으로 오신 염표 어른께 이르겠소!"

급하게 나가려는 명남을 최만리가 가까스로 만류해 자리에 앉혔다. 박연은 명남이 노여워하는 걸 보면서 말을 부드럽게 바꿨다.

"도량형을 통일하는 것은 천자天子인 명나라 일이고, 천자의 신하가 되는 제후諸侯인 조선에서는 마음대로 할 수 없으니, 반드시 중국의 황종음에 합치시킨 후에 바로잡는 것이 옳습니다."

황종율관! 소리 내는 관조차도 명나라 황제의 권한이었다. 세종은 이 모든 상황을 알고 있었다는 듯 조용히 감았던 눈을 떴다.

"악학별좌가 만들려는 황종율관은 중국의 것을 본받아 더 정확한 황종율관을 만들려고 함이 아니요?"

세종이 동의를 구하듯 시선이 박연을 향했다. 이에 박연은 자세를 고치면서 대답했다.

"그러합니다. 지금 명나라의 황종율관도 그 음音이 맞지 않아 도량형으로 적절치 않습니다."

고개를 끄덕이던 세종이 최만리를 지목했다.

"중국의 황종율관을 완성한다는 것은 중국의 음악을 더 견고하게 만드는 일이니, 명나라에서도 기뻐할 일이 아니오? 부제학은 어떻게 생각하시오?"

갑작스러운 질문에 최만리가 머뭇거렸다.

"그것은 그러합니다만, 명나라 사신 염표 나리께 물어봐야 하겠습니다."

당시 중국은 환관 때문에 나라가 망한다는 말이 있을 정도로 환관이 명나라 황제의 눈과 귀로서 막강한 권한을 갖고 있었다. 신하들도 조선의 임금보다 명나라 사신 환관의 눈치를 더 봐야 했다. 그래도 세종은 좀처럼 신하들에게 화를 내는 일이 없었다.

"그렇게 하시오!"

강원이 급하게 화제를 돌렸다.

"전하! 심각한 기근에도 토지세는 그대로여서 백성들의 고충이 이루 말할 수가 없습니다."

고려시대부터 사용하던 공법貢法인 과전법科田法은 획일적으로 토지 수확량의 십분의 일을 세금으로 거뒀다. 여기에 관리들의 횡포로 양반의 몫이 백성들에게 부담되고 있었다.

세종이 차가운 목소리로 말했다.

"지금의 공법은 불공평하도다! 대신들은 백성들의 의견을 수렴하여 이를 대처할 방도를 숙의토록 하라!"

'백성에게 물어라!'

三 신하의 나라

가운뎃소리

1425년, 경복궁 사정전

노란색 율관 열두 개가 탁자 위에 가지런히 놓여 있고, 그 옆에는 탱탱한 기장이 사각형 상자에 가득 담겨 있다. 노란색 기장과 율관은 묘하게 황금색을 띠었다.

세종뿐만 아니라 신하들도 율관을 신기하게 쳐다봤다. 세종은 상기된 표정으로 말했다.
"이것이 황종율관이란 말이요? 조선의 기장으로 조선의 황종율관을 만드니 감회가 남다르오. 중국에서 그 누구도 주자朱子의 아악을 제대로 정비하지 못했는데 드디어 해냈구려!"
실로 오랜만에 흥분하는 세종 앞에서 박연이 허리를 굽혀 예를 갖췄다.

"율려신서는 중국 전통음악에 관한 음악 이론서입니다. 송나라 채원정이 황종율관 만드는 원리를 자세하게 설명해 놓아 어렵지 않았습니다."

맹사성은 오히려 세종의 공덕을 칭송했다.

"전하께서 왕위에 오르시고 가장 먼저 하신 일이 율려신서를 명나라에서 가져온 것입니다. 전하의 의지가 없었다면 애당초 불가능했습니다."

세종은 음악에 대한 경연이나 시연이 있는 경우 박연과 맹사성 두 사람과 항상 동행했다. 뛰어난 두 인물이었지만 추구하는 음악은 정반대였다. 이것은 오히려 세종의 음악적 안목이 넓어져 여러 분야에 음악을 활용하는 계기가 되었다.

강원과 정인지는 그동안 근심이 많았던 세종이 기뻐하는 모습을 보니 마음이 한결 가벼웠다.

"기근으로 초가에서 머무실 때도 전하께서 밤낮으로 읽던 책이 율려신서가 아닙니까? 오늘 전하의 염원이 하늘에 닿은 듯합니다."

"전하께서는 율려신서 강의를 들으시고 몇 개월 만에 음률을 통달하셨는데, 더 공부할 것이 있습니까?"

"음音을 조금 이해하는 정도요."

강원이 박연에게 며칠 전 들은 황종율관의 제작에 대한 설명을 부탁했다.

"조선에서 나는 기장을 찾는 데 시간이 많이 들었습니다. 하지만 전하의 마음이 하늘에 닿았는지 중국 기장에 절대로 뒤처지지 않는 조선의 기장을 찾았습니다."

박연도 감격에 겨워 황종음을 필두로 십이 율명律名을 제작하는 원리를 소개하느라 신이 났다.

'이게 조선의 음이란 말인가?' 세종은 혼자 중얼거렸다.

박연의 목소리에 힘이 실렸다.

"궁상각치우! 오음五音의 바른 소리를 잡아 민풍을 바로잡길 바랍니다."

맹사성도 오랜만에 박연을 두둔했다.

"성균관의 성균成均이란 음악으로 조화를 이룬다는 의미이니, 큰 배움은 음악에서 비롯되는 것 같습니다."

대신들과 달리 세종은 여전히 굳은 표정이었다.

"율려신서를 읽을수록 의문이 생겨 잠을 이룰 수가 없소. 무언가 속 시원하게 밝혀지지 않은 기분이오."

박연이 이해되지 않는 듯 눈을 깜빡였다.

"중국 운서가 이상하다는 얘기는 처음 듣습니다."

그러나 세종은 한번 시작된 의구심을 접을 수 없었다.

"황종율관으로 십이 음계를 만드는 원리는 알겠으나, 오음五音이 뭔가 맞지 않소. 이는 마치 호미는 있지만 매는 법을 모르는 것과 같소."

음률에 밝은 정인지조차 그 깊은 뜻을 헤아리지 못했다.

"율려신서는 성리대전과 함께 중국이 자랑하는 책이옵니다. 그런데 어찌 오음이 잘못되었다고 하십니까?"

세종은 무언가 떠오르지 않는 듯이 몸을 자꾸 뒤척였다.

"아무래도 궁상각치우가 마음에 걸리오!"

1427년, 음악 시연장

기역자 모양으로 같은 크기에 오직 두께만 달리한 경석(소리가 나는 돌)이 각각 여덟 개씩 위아래로 매달려 있다. 두께가 두꺼울수록 진동수가 높아 고음을 내는 편경이 궁궐 한가운데에 자리를 잡았다. 마치 금방이라도 맑고 경쾌한 소리가 울려 퍼질 것 같았다. 그러나 잔치 같은 분위기에 비해 참석한 이는 많지 않았다.

박연이 작은 망치를 들고 편경 옆에 섰다.

"편경을 시연할 준비가 끝났습니다. 전하!"

박연이 새로 제작한 편경의 시연을 듣게 된다는 기대감에 세종은 어느 때보다 상기된 표정이었다.

"편경을 만들고 싶어도 조선에서 나는 경석이 없어 중국의 편경만을 받아 사용하였소. 그런데 이렇게 조선만의 편경을 만들었다니, 참으로 감회가 남다르오! 고생이 많았소!"

박연이 두 손을 공손히 모으고 입을 열었다.

"다행히 경기도 남양에서 경석이 발견되어 빠른 기간에 편경을 만들 수 있었습니다."

기분 좋은 날 정인지가 한껏 치하했다.

"편경은 황종음을 제시해 주는 중요한 악기로 조선의 기준 음을 갖는 뜻깊은 날입니다. 경하드립니다."

편경은 다른 악기와 달리 온도와 습도에 영향을 받지 않아 음정과 음색이 변하지 않았다. 그래서 편경은 모든 국악기를 조율하는 기준이 되는 악기였다.

음악에 일가견이 있는 맹사성이 흥분을 자제하면서 정인지를 거들었다.

"조선의 편경을 만들었으니 조선의 음을 후대에 남길 수 있게 되었습니다. 선대의 왕들도 크게 기뻐하실 것입니다."

강원은 흥분한 마음을 감추지 않았다.

"황종율관을 토대로 만들어진 조선의 음계와 그 소리를 편경에 새긴다는 것은 조선의 음악을 세상에 알리는 것과 마찬가지입니다."

다행히 명남을 포함한 친명파 대부분이 명나라 사신인 염표를 맞이하러 자리에 없었지만, 세종은 조심스러웠다.

"너무들 흥분하신 듯하오. 편경도 편종처럼 아악의 일종일 뿐이오. 그저 악기 소리를 듣자 함이니 너무 의미를 두지 마시오."

"자, 편경을 시연해 보시오!"

박연이 제작한 편경을 천천히 하나씩 시연했다.

"때~ 앵~" 황종음이 울렸다. 마치 땅에서부터 중후한 소리가 솟아오르는 것처럼 밟고 있는 땅이 울릴 정도였다.

'조선의 기장으로, 조선의 경석으로 만든 조선 최초의 음이 조선 하늘에 울리는 순간이다.' 세종은 마음속으로 이 순간을 각인시키고 있었다.

황종음의 여운은 쉽게 가시지 않았다. 마치 선조들에게 고하는 소리와도 같았다.

'이제 조선의 소리가 시작되었습니다.'

다음은 "때~ 앤" 하고 대려음이 울리고, 이어서 "때~ 에" 하는 태주음과 협종음 그리고 고선음까지 차례로 울릴 때마다 세종은 조선의 산과 바다가 요동치는 것 같았다.

그러다 아래 위치한 아홉 번째 음인 이칙음이 울렸다.

"때~ 엥"

청아하게 하늘로 오르던 소리가 갑자기 땅으로 떨어졌다. 세종이 급하게 시연을 멈추게 하자 박연과 신하들은 어리둥절했다.

"이칙음의 소리가 탁하니 조금 손을 보는 것이 좋겠소!"

편경을 제작한 박연조차 알아차리지 못한 소리였다. 그 이유를 몰라 편경을 살펴보던 박연이 깜짝 놀랐다. 이칙음의 경석을 자르기 위해 표시했던 먹튀 선이 남아 있었기 때문이다.

"먹튀 선이 조금 남아 있습니다. 하지만 이 정도의 음은 구별하기가 힘들 정도입니다."

모두 놀라움에 말을 잇지 못했다. 이 정도의 음은 보통 사람의 청각으로 구분할 수 없는 수준인데 세종이 찾아낸 것이었다.

이에 맹사성이 놀라며 감탄을 자아냈다.

"전하는 반음의 십분의 일도 구분할 수 있는 절대음감입니다. 거문고를 그리 정확하게 켜시는 연유를 이제야 알겠습니다."

"과찬이오!"

세종은 짧게 말을 끝내고 박연에게 나머지 음들도 시연하도록 했다.

"띵~" 열여섯 번째 음인 협종음이 마지막으로 울렸다.

조선의 하늘을 더 높게 올리는 소리였다. 편경 소리가 조선 곳곳에 울릴 때까지 그 누구의 숨소리도 들리지 않았다.

긴 침묵 끝에 맹사성이 감탄했다.

"공자가 제濟나라에서 소악韶樂을 듣고 삼 개월간 고기 맛을 잊었다는 얘기가 이해됩니다. 소리에 이렇게 강렬한 힘이 숨어 있는지 오늘에서야 깨달았습니다."

'소리의 힘, 있고말고!' 세종은 혼자 들을 수 있을 정도로 읊조렸다.

세종은 다시 한번 박연을 치켜세웠다.

"자네의 솜씨는 가히 고구려의 왕산악과 신라의 우륵에 비견할 만하오. 그런데 경석의 울림이 더 맑게 나도록 ㄱ 모양의 편경 각도를 조금 더 넓혀 115도로 제작하는 것은 어떠하오?"

세종은 모든 감각을 소리에 집중하고 있었다.

'모양에 따라 음흡이 다르다.'

중국의 아악을 따르던 박연이 세종의 제안에 당황했다.

"아악의 기본 틀은 중국의 음악을 그대로 이어받는 것입니다. 황종율관을 제작한 율려신서를 벗어나서는 아악이라 할 수 없습니다."

맹사성이 다소 심기가 불편하듯이 이의를 제기했다.

"돌의 모양을 조금 바꾸는 게 뭐 그리 대수로운 일이요?"

여기저기서 웅성거리는 소리가 커지자 세종이 헛기침했다.

"제사 때 중국의 음악을 듣게 되는데, 우리 조상들이 평상시 쓰던 향악을 듣게 하는 게 맞지 않겠소?"

박연을 비롯해 침착한 정인지도 깜짝 놀라 세종의 얼굴을 살폈다. 세종은 미동조차 하지 않았다. 굳은 의지를 보여 주는 모습이었다.

이때 친명파 중에 뱀같이 간사한 이도신이라는 자가 음흉한 목소리로 반대하고 나섰다.

"중국의 음계를 버리고 스스로 황종율관을 만드는 것은 천자이신 명나라 황제를 배신하는 것이오. 하물며 신하의 나라인 조선이 이제는 중국의 음악마저 버린다고 하니 명나라 황제가 두렵지 않소? 명나라는 상전이고 조선은 종이란 말이오! 조선의 주제를 망각하지 마시오!"

이도신은 명남의 수하로 저잣거리에서 상인들에게 돈을 뜯어내던 잡배였다. 이도신이란 이름도 세종의 본명인 '이도'와 비슷하게 이름을 지어 세종을 조롱하기 위한 명남의 계략이었다.

강원이 자리를 박차고 일어나 부리부리한 눈으로 이도신을 노려봤다.

"무엄하다! 자네는 명나라 사람인가? 조선 사람인가?"

이도신은 가느다란 눈을 최대한 크게 뜨면서 목청을 한껏 높였다.

"나는 어엿한 명나라 황제의 백성이요! 당연한 걸 왜 물으시오?"

분위기가 험악하게 가열되자 황희가 주변을 진정시켰다.

"전하의 뜻은 공자를 기리는 문묘제례악에 향악을 조금 보태자는 뜻이네. 민감하게 받아들이지 마시게!"

정인지도 이도신을 다독거렸다.

"내 이전부터 명나라 사신들과 교류가 있으니 염표 나리께 잘 얘기하겠네. 그때 같이 술이나 거하게 한잔하세나?"

정인지는 이도신이 저잣거리 잡배인 아버지를 닮아 술과 기생이면 환장한다는 것을 잘 알고 있었다. 정인지는 명나라 사신뿐만 아니라 사대주의를 따르는 집현전 학자들과도 친분을 쌓고 있었다.

맹사성이 중재에 나섰다.

"황종율관을 만드는 이유는 조선에 맞는 도량형을 통일시켜 농사를 잘 짓기 위함이네. 명나라에 바치는 조공도 더 많아지니 명나라 입장에서도 좋은 일이 아닌가? 너무 나쁘게만 보지 마시게!"

세종은 이도신의 무례함에 화를 내지 않았다. 그저 아무런 내색 없이 혼자 마음속으로 삭힌 뒤 말했다.

"조선의 음악이 비록 다 잘 되었다고 할 수는 없으나, 반드시 중국에 부끄러운 것은 아니다. 중국의 음악인들 어찌 바르게 되었다 할 수 있겠는가?"

강원 또한 이도신의 막말에 참을 수 없었다.

"조선 사람에게 맞는 음악 가락은 따로 있네!"

이도신은 분이 풀리지 않았는지 자리를 박차고 나가 버렸다.

"내 명남 어른께 모두 일러바치겠소. 각오하시오!"

이도신이 나가고 잠시 조용해지자 이번에는 박연이 강원의 의견에 반대하고 나섰다.

"중국의 아악을 기본으로 삼고자 황종율관과 편경을 만든 것입니다. 향악을 위한 것이 아닙니다."

맹사성이 눈살을 찌푸리면서 박연을 응시했다.

"본디 우리 조상이 부르던 향악과 중국 아악은 기본적으로 박자가 다르네. 이는 엄연히 악樂의 뿌리가 다르다는 뜻이네!"

평상시 호탕한 맹사성이 향악만큼은 양보할 생각이 없어 보였다. 박연과 맹사성의 신경전이 길어졌다. 이에 세종은 단호하게 명했다.

"앞으로 아악은 박연에게 묻고, 향악은 맹사성에게 물으시오!"

1427년 세종은 맹사성을 우의정에 명했다. 그만큼 세종은 선조들과 백성들이 부르던 향악에 마음이 끌렸다.

1429년, 경회루 연회장

조선의 들판은 누런 곡식들로 장관을 이뤘다. 세종이 백성을 사랑하는 마음이 통했는지 기근 칠 년 동안 조선은 도량형을 통일하고 조선의 천문을 바로잡기 시작했다. 그로 인해 1420년부터 거제, 남해, 창선 세 개의 섬에 개간한 토지들로부터 수확량이 크게 늘었다. 그동안의 노력이 헛되지 않은 것이었다.

세종은 크게 기뻐 신하들을 불러 수고를 치하했다.
"정초, 원준은 앞으로 나오시오! 백성들이 직접 농사를 지을 수 있는 농사직설農事直說을 편찬하느라 수고하였소. 내 술잔을 받으시오!"
술을 권하는 일이 드물던 세종이 기쁜 마음에 술을 하사하고는 연륜이 있는 정초에게 재촉했다.
"농사직설에 대해서 듣고 싶소!"
천문학에도 능통한 정초는 그동안의 성과를 늘어놓았다.
"각 지역의 농부들이 자신들의 경험을 잘 전해 주어서 어렵지 않게 만들었습니다. 그리고 천문학자들이 지역에 맞는 강수량과 기후들을 알려 주어 수월하였습니다."

세종은 또다시 잔을 들어 이순지를 비롯한 천문학자들에게도 술을 권했다. 강원도 감정이 벅찼다.

"종래에는 중국 농서에만 의존해 왔습니다. 그러나 이제는 조선의 농법으로 조선의 땅을 다스릴 수 있게 되었습니다."

정인지도 조선 천문학자들을 두둔했다.

"조만간 조선의 하늘을 알 수 있는 달력을 볼 수 있을 것입니다."

입에 발린 소리를 못하는 영의정 황희도 한층 목소리가 격앙되었다.

"조선의 농서에 조선의 달력이라? 경하드립니다!"

모든 공덕이 세종에게 쏠리자 불만이 많던 명남이 가만히 있지 않았다.

"조선의 모든 업적은 명나라 황제의 치적이십니다. 말을 삼가시오!"

명나라의 눈치를 보는 최만리조차 고개를 돌릴 정도였다. 세종은 명남의 말에 아랑곳하지 않고 젊은 원준에게 시선을 돌렸다.

"농사는 천하에 가장 중한 일인 만큼 어려움이 있으면 언제든지 애기하게나!"

자중하고 있던 원준이 무겁게 입을 열었다.

"아뢰어야 할지 망설였지만, 용기를 내 말씀드리겠습니다."

원준은 침을 한번 삼켰다.

"전하의 명을 받들어 농사직설을 만들었으나 한자로 쓰여 있어 백성들이 책을 읽을 수가 없습니다. 계속 일러 주는 데도 한계가 있습니다."

최만리가 원준에게 다그쳤다.

"이두吏讀를 쓰고 있지 않은가?"

정인지가 세종과 눈을 한번 마주치고는 반론했다.

"신라 때 설총이 만든 이두는 관청이나 민간에서 사용하고 있습니다. 그러나 모두 한자를 빌려 쓰는 것으로 몹시 궁색하여 백성들은 그 만분의 일도 이해하지 못해 사용하지 않습니다."

'농사짓는 책을 만들어도 백성이 읽을 수 없다.' 세종이 혼잣말로 되새겼다.

그때, 명남의 음흉한 목소리가 들렸다.

"당치도 않소! 글도 또한 선비의 것이거늘, 어찌 감히 백성들이 글을 읽는단 말이오? 선비들만 한자를 열심히 익히면 그만이요!"

명남을 비롯한 친명파들의 항의가 거세지자 세종은 정초와 원준 그리고 이순지를 비롯한 천문학자들을 격려하고 연회를 끝냈다.

세종은 맹사성, 정인지 그리고 강원을 데리고 궁궐로 향했다. 세종이 가장 신임하는 자들이기에 허심탄회하게 말을 할 수 있었다.

"경들의 의견을 듣고 싶소! 백성들에게 농서를 가르칠 쉬운 글이 필요하지 않겠소?"

'훈민訓民 백성을가르치다!'

아무도 대답 없이 서로 눈치만 보고 있었다. 신중한 정인지가 먼저 아뢰었다.

"글보다 말이 더 급합니다. 예전부터 조선에서 사용하는 말들이 지방마다 너무 다릅니다."

강원이 강하게 찬성했다.

"맞습니다. 전국을 돌아다니며 공법을 조사하는데, 각 지역의 사투리 때문에 무슨 말인지 알아듣지 못하고 애를 먹었습니다. 황종율관으로 도량형을 통일하는 것처럼 조선의 말을 통일할 수 있으면 좋겠습니다."

정인지가 차분하게 말했다.

"예기와 악기에 악樂을 설명한 구절이 있습니다."

소리 성聲에 일정한 음정을 가지면 음音이 되고
음이 어우러지면 악樂이 된다

강원은 호기심 많은 눈빛으로 세종을 지긋이 쳐다봤다.

"말도 소리 聲입니다. 이미 조선의 황종율관으로 음을 정리하였습니다. 그렇다면 다음 차례는? 도대체 전하가 마음속에 그리신 큰 그림은 무엇입니까?"

강원의 엉뚱한 말에 모두 어리둥절했다. 이때 세종만이 크게 웃으면서 강원을 응시했다.

"하하, 큰 그림이라! 자네 식견이 깊어졌구려! 하긴, 말동무로 지낸 지도 오래되었지. 앞으로 경들을 많이 괴롭힐 것이오!"

이때 넉살 좋은 맹사성이 소리를 높여 말했다.

"향피리는 연주 부호에 따라 소리를 내면 누구나 똑같은 소리를 낼 수 있어 편합니다. 이러한 말이 있다면 좋겠습니다."

세종이 고운 수염을 천천히 어루만졌다. 깊은 고민에 빠질 때 버릇이었다.

"신라시대에 향가(백성들이 부르던 노래)를 기록한 향찰鄕札이라는 우리 문자를 보고 매우 인상이 깊었소! 노래를 기록한 문자라니 가히 놀랍지 않소?"

세종은 진지하게 얘기했다.

"조선의 말은 우리 조상들이 즐겨 부르던 음악에 녹아 있소. 따라서 조선말의 통일은 향악의 완성에서 비롯될 것이오. 그 위에 조선의 글자를 새길 것이오!"

모두 몸을 낮추며 예를 표했다. 강원도 무척 놀란 표정이었다.

"향악과 글자의 조합은 생각지도 못한 그림입니다. 황종율관이 도량형의 척도라면 악樂을 품은 글자는 말의 척도가 될 것입니다."

'세상의 말을 재는 글자!'

주변의 반응에 비해 세종은 무덤덤했다.

"명나라의 홍무정운洪武正韻을 준비하게나! 확인할 게 있네."

『홍무정운』은 명나라 태조 8년(1375년)에 몽골 원나라의 파스파 문자로 변해 버린 중국의 한자음을 바로잡기 위해 편찬한 표준 음운 책이다.

세종은 나라의 중대한 업무를 모두 정인지에게 맡겼다.

"산학(수학)에서 수數를 계산하는 것은 대제학을 따라올 자가 없지 않소? 명나라에서 돌아온 장영실과 이순지를 데리고 할 일이 있소."

정인지는 천문에 관련된 일임을 바로 간파했다. 세종은 자신을 쳐다보는 맹사성에게 농을 던졌다.

"짐은 거문고를 켜고, 우의정께서는 향피리를 불면서 향악에 대해서 같이 고민해 봅시다. 하, 하, 하."

기분 좋게 웃는 세종의 목소리가 조선 하늘에 새겨졌다.

四 아설순치후

가운뎃소리

1430년, 창덕궁

"슬~ 기덩, 싸~ 르릉!"
깊이가 있으면서도 그윽한 거문고 소리가 궁궐 안에 맴돌았다. 가볍게 유현을 내리치고 마지막 대현에서 술대가 멈추자 궁 안은 조용해졌다. 오랜만에 세종은 수려한 외모로 훌쩍 커버린 세자, 박연, 맹사성 그리고 강원 앞에서 거문고 실력을 발휘했다.

수많은 향악을 접했던 맹사성은 세종의 거문고 연주를 좋아했다.
"전하의 거문고 소리는 마치 살아서 움직이는 것 같습니다."
강원의 진심 어린 목소리가 들렸다.
"전하는 곧 조선을 의미하며 거문고는 음의 시작인 황종음을 뜻합니다. 따라서 전하가 켜는 거문고는 조선의 시작을 알리는 소리라 할 수 있습니다."

세종은 강원의 넉살에 거문고를 옆으로 내려놓았다.

"조선의 음악조차 마음껏 못하는 짐이 어찌 그러한 얘기를 들을 자격이 있겠는가?"

세종이 짧게 탄식했다.

"우의정께서는 왜 향피리만을 고집하시오?"

"향피리의 애간장 태우는 소리가 마치 선조들의 애절함을 얘기하는 것 같아 멈출 수가 없습니다. 그리고 향피리에 나 있는 구멍이 희한하게 구강 구조와 비슷합니다."

너무나도 진지한 맹사성의 태도에 강원은 가볍게 농을 했다.

"그렇다면 우의정 나리의 입안이 향피리란 말씀이십니까?"

강원의 농에도 맹사성은 여전히 진지했다.

"사람의 목소리가 최고의 악기라는 말이 있지 않은가?"

"사람의 말이라는 것도 결국 소리이니, 악기로 표현하는 것이 무리는 아닙니다."

이제야 세종이 흐뭇하게 웃으면서 속내를 털어놓았다.

"율려신서 강의를 듣고 매일 밤 황종율관이 입안으로 들어오는 꿈을 꾸었소! 그럴 때마다 사람의 말소리의 바른 음音을 잡는 비밀이 바로 황종율관에 있다는 생각이 들었소!"

강원이 크게 동조했다.

"맞습니다! 사람의 입안도 향피리처럼 관으로 되어 있으니 가능합니다."

세종은 그동안 자신이 그리던 밑그림을 설명했다.

"발성기관이 황종율관이라면 발성기관의 조음위치(입안에서 공기 마찰로 인해 소리가 만들어지는 위치)는 음계가 되는 것이오!"

"전하!"

감탄의 소리가 저절로 흘렀다.

'정음正音 바른소리!'

세종이 신하들과 나누는 대화의 자리는 길어졌다.

"아직은 향피리의 구멍처럼 일정한 간격의 조음위치를 찾는 단계요."

율려신서에 능통한 박연이 설명했다.

"입안의 조음위치는 아설순치후牙舌脣齒候로 어금니, 혀, 입술, 치아, 목구멍에서 나는 소리를 가리킵니다."

맹사성이 입술을 오므렸다 펴느라 분주했다.

"구강 구조에 맞게 조음위치를 다시 배열하면 입술, 치아, 혀, 어금니, 목구멍 순서가 됩니다."

강원이 궁금한 듯 가만히 있지 못하고 말을 꺼냈다.

"발성기관이 황종율관이 되려면 어떻게 해야 하는지요?"

박연의 대답은 짧고 명료했다.

"조음위치의 순서와 궁상각치우 음계의 순서가 맞아야 합니다."

세자가 잠시 자신의 목소리에 귀를 기울였다.

"입에서 나는 소리들이 모여 조화롭게 나열된다? 상상이 되지 않습니다."

강원은 더 막막해했다.

"음계로 정하려면 조음위치를 정확히 알아야 하는데, 목구멍은 너무 길어서 조음위치를 어디쯤으로 잡아야 할지 난감합니다."

박연이 목구멍소리의 위치를 천천히 살폈다.

"목구멍소리란 목구멍에서 마찰이 일어나는 위치이니 목구멍 통로에 있는 목젖 근처가 될 것 같습니다."

모두 박연의 추리에 수긍했다. 그러나 절대음감인 세종은 머리를 절레절레 흔들었다.

"음이란 황종율관에서 삼분손익법으로 만들어지는 수의 비율이니 정확해야 하오! 우선 성대에서 소리가 시작되니 성대에서 각 조음위치까지 길이를 알아야 음계를 정할 수 있소. 그런데 지금은 그 성대의 정확한 위치부터 알 길이 없소!"

맹사성이 두 개의 음을 비교하다 한참을 망설였다.

"소리가 시작되는 성대는 입속 깊숙이 있는 것은 분명합니다. 따라서 성대에서 가장 먼 입술소리가 가장 낮은 음인 궁宮이 되고, 성대에 가장 가까운 목구멍소리가 가장 높은 음인 우羽가 됩니다. 그러나……."

박연은 크게 당황한 기색이 역력했다.

"이상합니다. 율려신서에는 반대로 입술소리를 우, 목구멍소리를 궁이라 하였습니다."

'중국의 음악이 완벽하지 않단 말인가?' 음악에 뛰어나다는 박연도 혼란스러웠다. 박연은 한 번도 중국 음악의 우수성을 의심한 적이 없었다. 중국 운서 일부가 세종이 얘기한 궁과 우의 순서와 일치했지만, 성리학만으로 해석되어 도무지 세종의 의구심을 풀 수 없었다.

맹사성의 덥수룩한 수염이 크게 흔들렸다.

"율려신서에서 얘기하는 궁상각치우의 순서는 사람의 말소리를 빗댄 게 아닌 듯합니다."

세종이 고민 끝에 입을 열었다.

"그래서 궁상각치우가 이상하다고 한 것이오! 아무래도 중국 운서는 사람이 아니라 악기의 입장에서 얘기하는 것 같소!"

모두 어리둥절했다.

"악기요?"

세종은 신하들의 표정과는 다르게 담담했다.

"향피리의 입장에서 소리의 시작은 입을 대고 부는 서(피리의 입구에 꽂고 공기를 불어 넣어 소리를 내는 얇은 나무 조각)요. 그렇다면 서에서 가장 먼 목구멍소리가 궁이 되고, 가장 가까운 입술소리가 우가 되는 것은 당연하오!"

강원이 너스레를 떨었다.

"그래서 전하께서 다른 나라의 것이 모두 옳다고 할 수 없으니 꼭 따져 보고 취하라 누누이 말씀하시지 않았습니까?"

율려신서를 맹신하던 박연은 충격이 컸다.

"어찌하든 황종율관을 제작하는 원리는 악기든 사람의 발성기관이든 변하지 않습니다. 입안에서 조음위치가 반드시 궁상각치우의 음계 순서에 들어맞아야 정음正音, 바른 소리라 할 수 있습니다."

세자가 오히려 초조해했다.

"그…… 방법이 없겠습니까?"

세종이 나지막하게 말했다.

"중국에서도 궁상각치우에 맞는 조음위치를 명쾌하게 풀지 못했다. 우선 율려신서에서 벗어나야 한다."

'궁상각치우! 이놈을 풀어야 한다.'

세종은 어떻게든 답을 찾을 궁리뿐이었다.

"향피리뿐만 아니라 대금, 가야금 그리고 거문고 등 향악에 사용되는 악기들의 악보를 모두 모아 보게나! 내 직접 확인할 게 있네."

세자만을 남긴 채 신하들은 정중하게 인사를 올리고 궁궐을 빠져나왔다.

강원은 놀라움에 맹사성을 빤히 쳐다봤다.

"전하의 생각을 도저히 따라갈 수가 없습니다."

"전하는 책을 한번 잡으면 그 이치를 깨달을 때까지 만 번이고 책을 읽으시니 우리 같은 소인들이 어찌 그 깊이를 헤아릴 수 있겠는가?"

박연은 아무 말이 없었다.

❀

세종은 내시 곽신이 건넨 작은 상자를 조심히 열었다. 그 상자 안에서 몇 점의 금속활자를 꺼내 세자에게 보여 주었다.

"이 금속활자들은 어떠하냐?"

세종은 서예에 조예가 깊었던 아들에게 몇 점의 글씨체를 써 보라 한 적이 있었다. 세자는 금속에 새겨진 글자들에서 시선을 떼지 못했다.

"아름답습니다! 말로 다 표현하기가 힘듭니다."

조선의 금속활자는 빛났다. 그러나 세종의 눈에는 금속활자와 새겨진 글자가 너무 어색했다. 마치 몸에 맞지 않은 곤룡포를 입은 느낌이었다.

"이 금속활자에 어울릴 글자를 만들 것이다. 한자가 아닌 백성을 위한 조선의 글자를 이 금속에 새길 것이다!"

세자는 백성이라는 말에 걱정이 앞섰다.

"명나라 환관들의 횡포로 조선 백성들의 원성이 커지고 있다고 합니다."

세종은 조용히 두 눈을 질끈 감았다.

"알고 있다. 환관들의 횡포보다 내 마음이 더욱 무거운 것은 명나라의 신하임을 자처한 사람이 다름 아닌 내 선조라는 사실이다."

"명나라가 워낙 강한 시기라 어쩔 수 없는 선택이었다고 들었습니다."

세종은 여전히 마음이 무거웠다.

"그러나 조선 백성들의 안일을 위해서라도 조선을 새롭게 재건해야 한다."

세자는 세종의 확고한 목소리에 힘든 싸움이 다가오고 있음을 직감할 수 있었다.

세종이 갑자기 감았던 눈을 뜨고 격앙된 목소리로 물었다.

"토지세에 대한 백성들의 의견은 어떻게 되었느냐?"

세종은 백성들의 억울함이 없도록 새로운 공법貢法을 고안했다. 토지의 비옥도와 흉년과 풍년에 따라 달리 세금을 매기었다. 세종은 이 세금 제도를 찬성하는지 조선 팔도 백성들에게 물었다.

세자도 약간은 흥분된 목소리였다.

"약 십칠만 백성 중 약 구만 명이 찬성하였다고 합니다."

세종은 백성과 관련된 일에는 시간을 두고 철두철미하게 준비했다.

"백성이 좋지 않다면 이를 행할 수 없다. 모든 보고가 도착해 오거든 공법의 편의 여부를 다시 관료들과 의논하라!"

1431년, 봉희 구장

여름 햇살이 기울어 가는 늦은 오후, 훈련장에서 세자와 수양대군, 장군 김종서 그리고 부장副將 김우가 병사들을 대상으로 세자가 새로 만든 진법陣法을 훈련하고 있었다. 압록강 지역에서는 자꾸만 여진족이 나타났고, 세종과 세자는 여진족을 토벌하기 위해 벼르고 있던 참이었다.

　세종의 둘째 아들 어린 수양대군이 세자의 진법에 따라 움직이는 병사들을 찬찬히 살폈다.
　"제갈량이라 해도 형님을 따라올 수 없겠습니다."
　"너는 당 태종 시기 명장인 이정과 비견된다."
　세자는 고조선 이래 고려 말까지의 모든 전쟁사를 꿰뚫고 있었다. 경연에서도 전쟁에 관한 이야기를 많이 할 만큼 세자에게는 무인의 피가 흘렀다. 태종 이방원을 닮았다는 수양대군도 세자의 눈치를 볼 정도였다.
　김종서도 문文과 무武를 겸비한 세자가 군주가 되었을 때 조선의 모습을 그려봤다.
　"세자께서 무에 시간을 많이 보내시니 세상 사람들이 다 무에만 관심을 가집니다."
　"하, 하, 하."

모여 있는 장군들이 세자를 칭송했다. 마침 세종이 강원과 관료들을 대동하고 훈련장을 들렀다. 세자와 장군들이 정렬을 가다듬으며 세종 일행을 맞이했다.

훈련 중이던 진법을 본 세종이 놀라며 무릎을 쳤다.

"참 빈틈이 없구나! 천하의 사마의 司馬懿도 쉽게 뚫을 수 없겠다."

세종은 시선을 세자에게 두었다.

"손자孫子에 지피지기 백전불태知彼知己 百戰不殆라는 말이 있다."

"상대를 알고 나를 알면 백 번 싸워도 위태롭지 않다는 뜻으로 모공편에 실린 구절입니다."

"항상 이기는 군대는 어떠하냐?"

"선승구전先勝求戰, 먼저 이겨 놓고 싸움을 건다고 하였습니다."

세자는 병법에도 거침이 없었다. 세종은 세자의 답변을 들으며 내심 놀란 표정을 지었다.

"그렇지! 싸우지 않고도 이기려면 무엇을 준비해야겠느냐?"

어린 수양대군이 형 세자에게 뒤질세라 끼어들었다.

"우선 스스로 강해야 합니다. 힘이 세면 적들이 못 덤빌 겁니다."

세종이 어린 수양대군의 당돌함에 웃음을 지어 보였다.

"그렇지! 너의 형인 세자가 그리하고 있다."

세종이 잠시 세자를 쳐다보고는 말을 이었다.

"적을 알기 위해 적을 친구보다 더 가까이 둬야 한다. 적과 말할 수 있는 자신의 글자가 있다면 어떠하겠느냐?"

글자라는 말에 수양대군의 눈이 동그래졌다.

"적은 내 손안에 있습니다."

세자는 아버지 세종의 깊은 안목에 고개를 숙였다.

'글자가 곧 나라의 힘이다.'

세종은 잠시 말없이 먼 산을 바라봤다.

"오늘은 이만 훈련을 끝내고 오랜만에 가족끼리 봉희棒戱를 하자꾸나!"

봉희는 중국 송대宋代에 유행하던 '추환'에서 전래되었다. 무예와는 거리가 멀었던 세종이 유일하게 운동 삼아 즐기던 놀이가 봉희였다. 격구는 말을 타고 긴 채를 이용해 상대 문에 공을 넣는 훈련용 놀이이다. 반면, 봉희는 걸으면서 숟갈 모양의 봉으로 달걀 크기의 공을 구멍 안에 넣는 재미용 놀이였다.

김우의 지휘 아래 병사들이 물러나고, 수양대군이 세종에게 봉을 건넸다.

"선조이신 태조는 격구를 그렇게 잘하셨다고 들었습니다. 그러나 봉희는 아바마마를 이길 사람이 없는 듯합니다."

막대기 끝이 동그랗게 생긴 봉을 세종이 힘차게 휘둘렀다. 동작은 물 흐르듯 부드럽고 자연스러웠다.

'슈~웅!' 하는 시원한 소리와 함께 공은 격구장 끝에 있는 구멍 옆에 멈췄다.

환호성이 "와!" 하고 일었다. 김우도 전에 본 적 없는 매우 간단한 동작에 눈이 동그래졌다.

"대단하십니다. 봉의 움직임이 마치 붓 같습니다. 거침없이 획을 긋는 붓끝의 놀림처럼 시원하면서 절도가 있습니다."

세종은 오랜만에 기분 좋게 농을 했다.

"조선의 봉희가 중국과 달라 익히기가 매우 어렵네. 그래서 내 재미삼아 편하고 쉽게 휘두를 수 있는 동작을 새롭게 만들어 봤네."

세자도 흠칫 놀랐다.

"중국에서 내려오는 봉희 동작은 매우 복잡하여 몸으로 익히는 데 오랜 시간이 걸립니다."

세종의 대답은 오히려 명료했다.

"봉을 휘두르는 목적만 이해한다면 한나절에 봉희 동작을 터득할 수 있다."

"한나절요?"

너무 짧은 시간에 놀란 수양대군이 서둘러 세종의 동작을 흉내 내면서 봉을 휘둘렀다. 평소 격구만을 즐기던 수양대군이 봉을 휘두르자 몸에 힘이 너무 들어가 발이 엉키면서 넘어졌다.

어린 수양대군의 익살스러운 장난에 오랜만에 세자와 세종이 "하하하!" 하고 웃었다.

'봉희도 사람에 따라 휘두르는 모양이 사뭇 다르다. 사람의 목소리도 마찬가지이다. 그러나 그 원리는 누구나 쉽게 따라 할 수 있도록 간단하고 규칙적으로 만들어야 한다.' 세종은 봉희를 하면서도 머릿속에는 사람의 입안에서 글자를 만들 구상뿐이었다.

    세종은 세자의 진법을 보면서 마음으로 결심했다.
    '이제 왕의 업무를 물려주어도 되겠다. 나는 따로 할 일이 있다.'

그날 저녁, 경복궁

오랜만에 두 아들과 봉희를 즐긴 세종은 입궁하여 늦은 저녁까지 같이 시간을 보내고 있었다. 강원과 맹사성이 곁을 지켰다.
    세종은 아들 중 음악에 가장 소질이 있는 수양대군에게 농을 했다.
    "봉희에서 진 것을 만회할 시간을 주마! 오랜만에 거문고를 켜 보거라!"
    수양대군은 어린 나이에도 불구하고 힘이 남달랐다. 인사를 하고 거문고를 무릎 위에 올려놓았다.
    "그동안 제가 갈고닦은 실력을 보여 드리겠습니다."
    "띵~ 뚜 뚱! 땅~ 싸 룽!"
    괘를 짚는 왼손의 놀림과 오른손에 쥔 술대가 소점에서 대점으로 넘나들면서 거문고의 현을 압도했다. 마치 광야를 달리기 위해 앞발을 들었다 땅을 치는 야생마 같았다.

한참 거문고 소리가 궁궐 안을 거칠게 몰아치고 있을 때 회색 두건을 두른 한 여인이 들어섰다.

수양대군이 거문고 연주를 멈추고 세종을 쳐다봤다.

"누구입니까?"

여인은 손을 합장하며 인사를 올렸다.

"주안이라고 합니다."

모두 여인의 회색 옷차림에서 비구니임을 알아차리고는 당황했다. 유교를 장려하는 조선 왕실에 비구니가 찾아온 것이었다.

반면, 세종은 아무렇지 않은 듯이 반갑게 맞았다.

"신미대사도 인도에서 같이 건너왔느냐?"

강렬한 눈빛의 주안이 단아한 목소리로 대답했다.

"아닙니다. 인도에 더 머물면서 확인할 게 있다고 소승을 먼저 보냈습니다."

주안은 범어(인도의 고전어)의 음운체계를 배우기 위해 인도에 파견된 세종의 비밀특사였다. 세종은 글자에 대한 궁금증을 푸는 데 종교를 따지지 않았다.

"범어는 글자의 규칙을 다룬 문법이 너무 많아 웬만한 사람도 이십년은 배워야 이해할 수 있다고 들었는데, 그리 어렵더냐?"

주안은 범어라는 말에 한숨을 내쉬었다.

"인도에서 시작된 불교도 불경이 어려운 범어로 되어 있어 백성들은 불교를 외면하고 다른 종교로 개종하고 있습니다. 큰스님도 항상 이 부분을 걱정하고 있습니다."

강원은 한자를 사용하는 조선의 백성들이 같은 처지라는 생각이 들었다. 그의 이맛살이 찌푸려졌다.

"당연합니다. 백성이 사용하지 않는 글로 불경을 쓴다면 누가 보겠습니까?"

맹사성도 탐탁지 않은 듯 목소리가 높아졌다.

"음악도 마찬가지입니다. 백성은 우리 향악을 즐기는데, 나라는 중국의 아악만을 고집하니 어느 백성이 음악을 하겠습니까?"

옆에 있던 세자도 마음이 답답했다.

"한자를 몰라 백성들이 책을 읽지 않는 것과 같습니다."

세종은 어느 때보다도 신중했다.

"글자나 불경이나 백성들이 쉽게 이해할 수 있도록 만드는 것이 신미대사와 나의 공통된 관심사이다."

세종은 글자에 관련된 얘기가 나올 때마다 신중을 기했다.

"그래, 범어라는 글자는 어떠하더냐?"

주안은 보따리에서 이상하게 휘어진 글자들이 써진 종이를 꺼내 보였다.

"자음은 음소(뜻을 구분 짓는 소리의 최소 단위)로 되어 있으나, 그 모양은 무엇을 본떴는지 알 수 없습니다. 그러나 한자음과 달리 모음이 자음과 분리된 것은 놀라웠습니다."

세종은 자신도 모르게 탄성이 흘러나왔다.

"모음을 분리하였다?"

세종과 반대로 주안의 표정은 갑자기 어두워졌다.

"그러나 범어는 음운체계에 너무 집중한 나머지 말소리를 글자로 옮기는 데 한계가 많았습니다."

'소리가 있어도 글자로 적을 수 없다.' 세종이 천천히 읊조렸다.

이때 강원이 이해되지 않는 듯 되물었다.

"아니, 한자나 범어나 그 글자 자체가 어려운데 백성들이 언제 배워서 쓴단 말입니까? 한 달 만에 익힐 수 있다고 해도 몸이 피곤해서 배우려 하지 않을 겁니다."

"하루 만에 익힐 수 있는 글자가 있다면 배우겠느냐?"

강원이 넉살 좋게 말을 받았다.

"동네 한량들도 배울 것입니다. 그런데 문자를 배운다는 게 재미가 없지 않겠습니까? 노는 것을 좋아하는지라……."

"글자가 노래라면 어떻겠느냐? 악기를 연주하듯이."

강원이 세종의 의도를 알아차리고 크게 동조했다.

"남녀노소 모두 배우고 싶어 안달이 날 것입니다. 누가 풍류를 싫어하겠습니까?"

맹사성이 가당치 않다는 듯이 농을 건넸다.

"신선의 나라에서나 가능할 법한 일입니다."

한바탕 웃고 난 후 세종은 진지한 표정으로 주안에게 물었다.

"가지고 왔느냐?"

주안은 품 안에서 책 한 권을 꺼내 세종에게 건넸다. 겉표지에 그림이 그려진 것이 마치 도화첩(그림을 한데 묶은 책) 같았다. 세종은 잠시 그림책을 펼치고는 흐뭇하게 웃었다.

"참으로 수고하였다."

강원이 또 다른 그림책에 호기심이 발동했다.

"다른 문자가 또 있는지요?"

세종이 강원에게 차차 알게 될 것이라며 짧게 말을 자르자 주안이 손을 합장하고 허리를 깊숙이 숙였다.

"다시 인도로 돌아가 범어를 마저 공부하고 싶습니다."

세종은 흔쾌히 허락했다.

"그렇게 하게! 나이에 상관없이 항상 배고픈 게 배움이라네! 이만 물러나 쉬거라!"

강원과 맹사성은 주안을 데리고 궁궐을 빠져나갔다.

세종과 둘만 남은 세자는 궁금한 것이 많았는지 급하게 물었다.

"전하! 사람의 말소리를 표현하기에 적합한 악기는 황종율관처럼 관으로 된 향피리인지요?"

"아니다. 향피리로는 부족하다!"

세종은 밤이 깊어져 다음을 기약하고 자리를 물렸다. 조선의 밤하늘에 거문고의 음색처럼 웅장한 구름이 드리워졌다.

가운뎃소리

五 소리를 해부하다

1432년, 경회루

세종은 압록강에 출몰하는 여진족을 정벌하기 위해 함길도 관찰사 김종서와 도원수 최윤덕을 필두로 출정식을 가졌다. 병사들의 사기는 하늘을 찌를 듯 그 어느 때보다 높았다. 특히 세자가 개량하고 있는 화살의 위력은 날로 높아져만 갔다. 세자, 수양대군, 맹사성, 정인지, 강원은 장군 김종서와 병사들을 배웅하고 경회루에 모였다.

세자의 차분함을 좋아하던 맹사성이 먼저 입을 열었다.
"세자의 총명함이 전하를 닮은 듯합니다. 세자가 구상 중인 총통과 화약을 넣는 화살 병기가 완성된다면 조선의 군사력은 더 막강해질 것입니다."
지학(15세)에 접어든 수양대군은 학문과 무예에 모두 뛰어난 세자를 가끔 부러워했다.

"명나라 사신들이 형님을 한번 뵙게 해달라고 야단입니다. 특히 형님의 외모가 관우를 닮았다며 인기가 대단합니다."

칭찬에 멋쩍어 손사래를 치는 세자를 보면서 정인지가 화제를 돌렸다.

"압록강과 두만강에 설치한 4군 6진으로 인해 명나라에서 신경이 많이 거슬린 모양입니다. 지난번 명나라 사신으로 온 염표를 입막음한다고 곤욕스러웠습니다."

세종의 불끈 쥔 주먹이 떨렸다. 그의 눈에서 의지가 느껴졌다.

"언젠가는 한번 부딪혀야 하는 일이오!"

한동안 궁궐 안에 무거운 분위기가 흘렀다. 이때 내시 곽신의 가는 목소리가 들렸다.

"전하! 윤나강 역관이 뵙고자 청합니다."

조선은 건국 초기 1393년(태조 2)에 외국어 교육기관인 사역원司譯院을 설치하여 한학漢學, 몽학蒙學, 여진학女眞學, 왜학倭學 등 외국어 전문가를 양성했다. 특히 세종은 사역원에 자주 들렀다.

문밖에서 들어선 젊은이의 큰 눈과 수려한 외모가 마치 미소년 같았다. 그는 양반 자제로 모든 언어에 뛰어나 명나라로 보낸 세종의 언어 비밀특사 윤나강이었다.

윤나강이 큰절을 올렸다.

"전하! 다녀왔습니다."

세종은 궁금한 게 많아 인사를 나눌 시간도 없었다.

"그래! 중국말과 조선말의 가장 큰 차이가 무엇이더냐?"

윤나강은 세종의 갑작스러운 질문에도 머뭇거림이 없었다.

"중국말은 소리를 앞으로 내뱉으면서 발음해 받침이 거의 없는 이분법을 취합니다. 그러나 조선말은 조음위치를 누르면서 소리를 내어 받침이 다양한 삼분법에 가깝습니다."

세종은 문득 왕으로 즉위하던 이듬해(1419년), 대마도 정벌을 나섰던 무관들의 얘기가 떠올랐다.

"왜倭의 말도 받침이 없어 무슨 말인지 알아듣느라 애먹었다 하지 않았느냐? 말이나 글자나 받침이 있어야 더 정확하고 풍성하게 표현할 수 있구나!"

'둘이 아니라 셋이다!'

세종은 바로 핵심을 짚는 윤나강의 통찰력에 놀랐다. 그가 얼마나 많이 고민했는지 느낄 수 있었다.

세종은 윤나강을 가만히 놔두지 않았다.

"그래. 중국말은 나중에 의논하기로 하고. 바티칸의 라틴어가 궁금하구나."

순간 강원의 눈이 휘둥그레졌다.

"전하! 라틴어를 말씀하셨습니까?"

세종은 윤나강에게 명나라에 머물면서 바티칸에 다녀오라는 임무를 맡겼었다. 윤나강이 다소 복잡한 표정을 지었다.

"라틴어는 자음과 모음이 따로 있지만 그 결합이 매우 불규칙하여 뭐라 표현하기 힘듭니다."

세종도 이미 고려시대 충숙왕 때 바티칸 교황과 주고받았던 서신을 본 적이 있었다.

"한자가 네모꼴로 모아쓰는 것에 비해 라틴어의 글자는 옆으로 길게 쓰여 있어서 신기하였다."

윤나강의 얼굴은 더 일그러졌다.

"그러나 쓰는 것과 달리 발음할 때는 모아쓰는 받침이 있었습니다."

세종도 라틴어의 불규칙함에 어리둥절했다.

"그러하더냐? 글과 말이 다른 원리를 따른다…… 복잡하구나! 다른 특징은 없더냐?"

윤나강도 표현하기 어려운 표정을 지었다.

"한 글자가 여러 가지로 발음됩니다. 그리고 자음과 모음이 같은 위치에서 발음되어 서로 구분이 애매합니다."

세종은 윤나강의 말을 듣고 있자니 어지러웠다.

"한 글자가 여러 소리를 낸다면 헷갈리지 않겠느냐? 그리고 자음과 모음이 같은 조음위치에서 발음된다면 굳이 자음과 모음을 따로 구분할 필요가 있겠느냐?"

'자음과 모음의 위치는 다르다.'

윤나강이 차분하게 자신의 생각을 정리했다.

"라틴어가 소리 문자라고는 하나 자음과 모음 모두 사물의 모양을 본떠 만들어 말보다는 문자를 고려한 듯합니다."

세종은 더 의아했다.

"사람의 말소리를 사물의 모양에서 본뜬다? 그래서 글자와 말이 다른 것이 아니냐?"

강원도 골치가 아픈 듯 손으로 이마를 짚었다.

"아이고 너무 어렵습니다. 바티칸 백성들도 글자와는 담을 쌓고 살게 뻔합니다."

순간 세종은 바티칸과 인도에 사는 백성들도 조선의 백성처럼 측은하다는 생각이 들었다. 그리고 조선의 글자는 기존의 문자와는 전혀 다른 방식으로 접근해야 함을 다시금 깨달았다.

세종은 수염을 천천히 쓰다듬었다.

"백성들이 배울 글자이니 쉬워야 한다. 규칙은 간단하면서 그 표현은 무궁무진한 글자여야 한다."

강원은 고개를 갸우뚱거렸다.

"원리는 간단하면서 표현은 무궁무진하다? 마치 마방진(가로, 세로, 대각선의 수 합이 같은 배열) 문제를 푸는 것 같습니다."

마방진은 우주와 주역의 원리를 푸는 비밀의 열쇠라고 인식되곤 했다. 어릴 적부터 고민이 있을 때마다 홀로 마방진 문제를 푸는 것이 세종의 습관이었다.

세종의 상상력은 수數의 배열을 다룬 마방진에서 수의 비율을 따진 악樂까지 이어졌다.

"악보의 기호들은 어떠하더냐?"

윤나강은 자신의 소매에서 바티칸 신부가 건네준 악보를 펼쳐 보였다. 돌아올 때 서양의 악보를 갖고 오라는 세종의 지시를 윤나강은 잊지 않았다.

"다섯 개의 선 위에 몇 개의 음들이 조화로운 화음을 이루는데, 글자를 음의 기호로 사용합니다."

'음악의 기호인 글자!' 세종은 서양 악보를 뚫어지게 쳐다봤다.

맹사성이 입에서 맴도는 말을 참지 못하며 말했다.

"향악은 할수록 참 신기합니다. 아악보다 다소 음이 높은 연유도 그렇지만, 향악을 하면서 우리말 하나하나를 모아 화음을 만들려고 했으나 불가하였습니다."

강원은 맹사성의 말에 가만히 있을 수 없었다.

"그렇다면 우리말 자체가 이미 화음으로 되어 있다는 말씀입니까?"

농담하는 강원에 비해 맹사성은 진지했다.

"그런 생각이 드네. 분명한 건 우리말이 다른 언어들과 확연히 결이 다르다는 걸세."

윤나강은 잠시 주변을 살피고 말을 이어갔다.

"서양의 음계는 이천 년 전 수數를 잘 다루는 학자가 어느 날 대장간을 지나가다 망치 두드리는 소리를 듣고 조화로운 수의 비율을 따져 만들었다고 합니다."

세종이 수라는 말에 깜짝 놀랐다.

"동양의 도량형인 황종율관도 수의 비율로 음계를 잡지 않느냐? 역시 소리를 다룬 음악이란 그 이치가 세상 어디에나 같구나!"

윤나강은 바티칸에서 라틴어를 가르쳐 준 비밀 수도회 신부의 얘기를 들려주었다.

"그 기이한 수학자는 종교를 만들어 세상의 소리뿐만 아니라 우주 만물도 조화로운 수의 비율로 이뤄졌다고 백성들을 선동하였다고 합니다. 천문학에는 제가 까막눈이어서 그저 이상한 소리를 들었습니다."

'천문은 수數이다.'

세종은 조선의 별자리들 사이에서 숨겨진 수의 비밀을 찾다가 조선의 천문을 재정비하고 있는 천문학자들이 생각났다.

"이미 정인지와 이순지를 필두로 그리하고 있다. 돌아오는 길에 북방의 문자는 살펴봤느냐?"

"요나라와 거란뿐만 아니라, 북방의 민족들은 자신의 나라가 세워졌음을 주변국에 알리기 위해 글자를 만든다고 합니다. 하지만 그 문양은 중국의 한자를 약간 변형한 수준입니다."

세종은 조선의 왕으로서 지금까지 듣지 못한 단어에 자꾸만 곤룡포에 새겨진 용이 꿈틀대는 것을 느꼈다.

'자신의 나라!'

잠시 거칠게 요동치는 가슴을 진정시킨 세종은 진지한 목소리로 윤나강에게 물었다.
"가지고 왔느냐?"
윤나강은 품 안에서 그림책 하나를 꺼내 세종에게 건넸다. 세종은 그림책을 펼쳤다.
"참으로 수고하였다."
세종과 윤나강의 비밀스러운 대화는 밤늦게까지 이어졌다.

세종은 언어에 통달한 윤나강을 비롯해 토속어에 특출한 둘째 딸 정의공주와 서예, 회화, 시 등 예술적 재능이 뛰어난 셋째 아들 안평대군 그리고 도화서의 화원(화가) 이수까지 공법을 조사하는 조선 팔도에 파견했다.

그들이 궁궐에 동행하는 횟수도 잦아지기 시작했다. 곽신을 포함한 내시와 궁녀들은 참 의아해했다. 궁 안에 들어가서는 'ㄱ, ㅋ, ㄲ' 하는 소리만 들릴 뿐이었다. 궁궐에 들어갈 때는 종이 뭉치가 든 보따리를 양손 가득 들고 갔다가 궁궐을 나갈 때는 빈손으로 사라지기를 반복했다.

　오늘도 궁궐 안 문틈 사이로 이상한 대화가 흘렀다.

　"어떻게 들리느냐?"

　"혀가 약간 찌그러진 소리 같기도 하고, 입을 내밀면서 내는 소리 같기도 합니다."

　"안 된다. 정확해야 한다. 누가 소리를 내도 똑같은 소리가 날 수 있도록 정확한 위치여야 한다. 알겠느냐?"

　"이 정도의 위치이면 충분합니다."

　"말은 의사소통이 생명이다. 말을 할 때 발음이 정확하지 않으면 무슨 말인지 알아들을 수 없다. 글로 쓰는 문자도 마찬가지이다. 말과 글자는 정확해야 쓰임이 쉽다."

　"아바마마! 어디에서 소리가 날지 코흘리개 아이들도 그 위치를 짚을 수 있겠습니다."

　"전하! 지금껏 세상 어디에도 글자를 율명처럼 정확하게 표현했다는 얘기는 듣지 못하였습니다."

　"아직 갈 길이 멀다. 조만간 누군가 돌아오면 밝혀질 것이다."

　"아바마마! 저희보다 더 기다리는 사람이 또 있습니까? 너무하십니다. 저희는 맨날 소리를 지르느라 목이 다 쉬었습니다."

따뜻한 분위기 속에 조선의 글자들이 하나씩 그 모습을 갖추어 가고 있었다. 종이에 적힌 글자들이 영롱한 음이 되어 소리를 냈다.

1434년 여름, 창덕궁 연못 정좌

세종은 세자, 강원, 박연, 맹사성과 오랜만에 연꽃이 만발한 정자에서 경연을 하고 있었다. 경연 주제는 말소리였다. 아직도 일행들은 입 안에서 궁상각치우에 맞는 조음위치 소리를 찾느라 정신이 없었다.

세자는 무언가 미심쩍은 표정이었다.
"성대에서 각 조음위치까지 길이에 따라 입술소리가 궁, 목구멍소리가 우인 이유는 알겠습니다. 그런데 조음위치들 사이의 간격은 일정치 않아 음계라 말하기 곤란합니다. 입술과 치아의 간격은 너무 가깝고, 다른 조음위치들의 간격은 서로 너무 멉니다."
세종은 항상 세자의 질문을 잘 들었다.
"그리 고민하였더냐?"
학문에 매달리는 세자의 집중력은 세종과 닮아 있었다.
"궁금해서 잠을 이룰 수 없었습니다."
강원은 입안의 조음위치를 하나씩 따져 보았다.
"입술과 치아의 간격은 입술을 밖으로 내밀어 입술소리의 위치를 조절할 수 있습니다. 그러나 치아, 어금니, 목구멍과 같은 조음위치는 스스로 움직일 수 없어서 간격을 조절하는 것이 불가능합니다."

조음위치에서 나는 소리는 절대음감을 가진 세종의 귀에도 음계의 순서로 들리지 않았다. 엉망이었다.

"너무 조음위치에만 매달린 것 같네. 입안에서 실질적으로 소리를 내기 위해 움직이는 것은 혀뿐이네!"

박연이 "으~ 흐!" 하고 목구멍소리를 여러 번 내 보았다. 곧 무언가를 감지했다.

"맞습니다. 목구멍소리를 내는 실체는 목구멍이 아니라 혀입니다. 혀뿌리가 목구멍을 막는 정도에 따라 소리가 조율됩니다."

강원도 의아해서 치아 사이로 "스~ 즈!" 하는 소리를 내 보았다.

"잇소리도 마찬가지입니다. 실제로 잇소리는 치아가 아니라 혀끝이 어디에 있느냐에 달려있습니다."

세종도 '조음'이라는 용어에 오래도록 고민하고 있었다.

"옳다! 입술을 제외한 나머지 조음위치는 모두 혀의 위치에 따라 결정되네."

'소리는 혀 위에 있다'

맹사성도 차근히 자신의 입안 구조를 확인했다.

"그렇다면 율려신서에서 소개한 아설순치후라는 조음위치는 우리가 찾는 궁상각치우의 음계가 아닐 수 있습니다."

세자는 주변의 의심에 상관없이 소리의 매력에 푹 빠져들었다.

"그래도 입안에서 소리가 나는 원리는 터득한 듯합니다."

세종은 세자를 소리의 세계로 더 깊숙이 안내했다.

"아직 끝나지 않았다. 이제 겨우 소리의 반만 논했을 뿐이다."

전부 이해했다고 생각한 세자는 세종의 말을 듣고 머리가 다시 하애졌다. 세종은 신중하게 설명을 이어갔다.

"악기에 구멍만 만든다고 소리가 나겠느냐? 공기를 불어 넣어야 소리가 나지 않겠느냐?"

강원은 자음과 모음을 구분하려는 세종의 의도를 눈치챘다.

"조음위치는 악기의 구멍처럼 자음이 되지만 아직 발성기관에서 소리를 울리는 모음은 찾지 못했다는 뜻입니까?"

세종은 비로소 시원하게 웃었다.

"하, 하, 하. 그렇지! 바로 그걸세. 자음은 스스로 소리를 낼 수 없으니 소리를 울리는 모음이 꼭 필요하네! 사람의 말소리는 성대에서 소리가 시작되니 분명한 건 모음은 입속에서 생긴다는 것이네."

'입속에 모음이 있다.'

모두 말없이 머리를 끄덕이는 사이에 강원이 목을 가다듬고 소리를 내 보았다.

"자음과 모음의 위치가 구분되니 입안의 소리가 보이는 듯합니다.

이게 득음이 아니고 뭐겠습니까?"

강원의 농담에도 박연만은 사뭇 진지했다.

"모음이 자음보다 더 입안 깊은 데서 울리는 것은 알겠습니다. 그런데 이를 어떻게 글자로 표현할 수 있겠습니까?"

세종도 알 수 없는 표정을 지었다.

"아직 확답을 주기에는 이르오. 사람의 입속이 어떻게 생겼는지 정확히 모르니 기다려 보시게!"

집무실로 자리를 옮긴 일행들은 아직도 말소리에 대해 열띤 경연 중이었다. 붉은 노을이 드리우기 시작할 무렵 머리에 흰 두건을 두르고, 두 손에 보자기를 든 중년의 남자가 들어섰다.

강원의 입에서 자신도 모르게 짧은 탄성이 흘러나왔다.

"이게 누구인가?"

강원은 막역한 사이였던 어의御醫 권재의 갑작스러운 등장에 당황했다. 세종은 크게 웃으면서 권재를 맞았다.

"언제 아랍에서 도착하였느냐?"

이에 권재는 보자기를 앞에 내려놓고 인사를 올렸다.

"전하의 명을 받고 아랍의 의술을 배우고 왔습니다. 전하에게 보여줄 것이 많아 곧장 궁궐로 달려왔습니다."

강원이 또 한 번 놀랐다.

"자네는 조선의 약재에만 관심이 있는 줄 알았는데 언제 아랍의 의술까지 익혔는가?"

권재는 중국 약재인 당재를 대신해 조선의 약재로 병을 다스리는 의술이 일품이었다. 그런데 어느 날 홀연히 사라졌었다. 다시 나타난 권재를 본 강원이 세종을 향해 말했다.

"전하! 저희 몰래 준비하는 게 또 있는지요?"

세종은 억울해하는 강원을 보면서 한바탕 웃었다.

"짐이 궁금한 게 많아서 그러네! 하, 하, 하!"

"전하는 중국의 도량형인 황종율관을 비롯해 음악, 천문, 약재, 농법, 공법 그리고 심지어 봉희까지 모두 조선의 것으로 바꿨습니다. 그런데 더 궁금한 게 있는지요?"

투덜대는 강원을 세종이 조용히 달랬다.

"조선에 맞지 않으니 어쩔 수가 없다!"

세종은 장영실에게 천문학 연구를 맡겼을 뿐만 아니라 해외문물을 익히기 위해 조선의 인재들을 극비리에 여러 나라로 보냈다. 그중에 권재는 인체 해부의 의술을 익히기 위해 아랍으로 보내졌다.

세종은 권재가 대견한 듯 두 손을 꼭 잡았다.

"장영실은 이미 명나라에서 돌아와 정인지와 함께 다른 일을 하도록 맡겼네. 나중에 같이 회포를 품세. 그래. 아랍에서의 일은 어떠하더냐?"

권재는 기다렸다는 듯이 보자기 안의 그림을 꺼냈다. 마치 사람 얼굴을 반으로 자른 듯 입속이 훤히 그려져 있었다.

"소리가 시작되는 성대는 목 앞쪽에 위치합니다. 가슴에서 공기가 올라오면 성대가 열려 開 소리가 시작됩니다. 생긴 生 소리는 목 가운데 인두라는 관으로 올라가며, 올라온 소리는 구강을 거쳐 입술이 열리면서 闢 밖으로 나갑니다. 구강 바로 위에는 코로 소리가 빠져나가는 비강이 있습니다."

권재와 세종의 대화는 멈출 기미가 보이지 않았다.

"먼저 소리가 시작되는 성대에서 입술까지의 길이는 황종척으로 재어 보니 7촌 6분이었습니다. 성대에서 목젖까지는 4촌 3분이 조금 넘습니다."

권재는 그 수치를 얼른 계산해 보았다.

"황종율관 9촌에 황종수 9를 중첩한 81을 황종음인 궁으로 놓고 삼분손익하면, 궁과 우에 해당되는 율관의 길이 비율은 81대 48입니다."

세종이 천천히 수의 비율을 따졌다.

"입술을 앞으로 약간 내민다면 성대에서 입술까지가 8촌이 되고, 궁과 우의 율관 비율을 고려하면 성대에서 4촌 7분이 조금 넘는 거리에 있는 곳이 바로 우 음을 내는 목구멍소리의 위치가 되겠네."

권재가 혀를 열심히 움직여 그 위치를 찾았다.

"입천장이 말랑한 부분인 여린입천장(연구개) 위치입니다."

절대음감인 세종은 아직 성에 차지 않았다.

"정확해야 한다. 목구멍소리를 조율하는 것은 혀이니 여린입천장에서도 혀뿌리가 닿는 위치가 바로 목구멍소리 위치가 된다."

권재도 자신이 해부한 발성기관을 보면서 놀랐다.

"전하! 그렇다면 모든 자음의 위치는 입술에서 입천장 연구개 사이에 있게 됩니다."

'구강 안에 자음이 있다.'

세종은 한참 구강을 뚫어지게 쳐다봤다. 발성기관에서 자음과 모음의 위치를 명료하게 구분하느라 시간이 걸렸다. 마침내 세종이 흡족한 표정을 지었다.

"매우 수고했네, 장영실이 요즘 별시계인 일성정시의를 만들어 모음의 정확한 위치와 방향을 가르쳐 줄 거네. 내 장영실에게 귀띔해 두겠네!"

주변은 순간 얼어붙었다. 사람의 발성기관과 오음의 궁과 우의 비율이 비슷한 것보다 종이에 새겨진 그림 때문이었다.

세자가 세종과 권재를 번갈아 쳐다봤다.

"아바마마! 이 그림은 사람의 얼굴을 해부한 모습이 아닙니까?"

맹사성도 하얗게 사색이 되었다.

"전하! 조선은 유교 사상을 섬기는 나라로 부모에게 물려받은 털끝

하나도 건들지 않는 게 효의 시작입니다. 그런데 어찌 사람의 몸을 해부한단 말입니까?"

마치 이러한 반응이 나올 것을 알았다는 듯이 세종이 대답했다.

"우의정이 이렇게 놀랄 정도인데 다른 신하들은 어떻게 나올지 상상이 갑니다. 그래서 권재를 아랍에 보냈소! 그곳은 유교 사상이 아니지 않소?"

세자도 불 보듯 뻔한 신하들의 반대가 걱정되었다.

"유생들이 이 사실을 안다면 가만히 있지 않을 것입니다. 어의 권재의 목숨도 장담할 수 없습니다."

"알고 있다. 권재는 고향에 잠시 머물다가 아랍으로 다시 돌아갈 것이다."

권재는 세종을 지긋이 쳐다보며 말했다.

"종기를 비롯해 조선에서 약재만으로 치료할 수 없는 병들을 고쳐 보겠습니다."

조선을 위해 희생하는 권재의 말에 집무실은 잠시 숙연해졌다. 세종은 감정을 억누르고 권재와 눈빛을 주고받았다.

"가지고 왔느냐?"

권재는 품 안에 있던 그림책을 건넸다. 강원은 너무 궁금해 참을 수 없었다.

"소리를 내는데 또 다른 신체 부위의 그림이 필요한지요?"

세종은 일체 다른 대답 없이 권재의 손을 잡았다.

"참으로 애썼다!"

권재가 일어나 세종에게 마지막 인사를 올렸다.

"고아인 저에게 전하가 기회를 주지 않았다면 의술의 신비로움을 몰랐을 것입니다. 성은이 망극하옵니다."

세종은 언제 다시 볼지 모를 권재를 한참 동안 바라봤다. 권재의 눈가에서 흘러내리는 눈물이 조선의 아픔 같았다.

1435년, 창덕궁 영화당

권재가 돌아간 후 세종은 거문고와 시간을 많이 보냈다. 세종은 세자, 맹사성, 강원, 안평대군을 불러 거문고 연주를 하면서 악樂에 대해 논했다.

거문고를 연주하던 강원이 술대를 내려놓고 세종에게 물었.

"전하! 사람의 구강을 표현하기 적합한 악기가 혹시 거문고인지요?"

세종은 이제 알았느냐는 듯이 농을 던졌다.

"어떻게 이리 빨리 아셨는가? 하, 하, 하."

맹사성이 어깨를 으쓱거리며 말했다.

"전하께서 거문고만 켜시니 그렇게 보입니다."

모두 웃고 있는 와중에 세자는 뭔가 궁금한 표정을 지었다.

"언뜻 이해가 안 갑니다. 무엇이 향피리보다 거문고가 사람의 발성 기관을 더 닮았는지 이해가 되지 않습니다."

진지한 표정의 세자를 본 세종이 몸을 추스르고 그동안 고민했던 부분들을 설명했다.

"거문고의 현을 받치고 있는 괘와 안족이 사람의 구강 구조와 절묘하게 맞아떨어진다! 특히 현들의 굵기가 발성기관을 잘 표현할 수 있다."

맹사성이 동조하며 나섰다.

"중국 송나라의 정초가 쓴 칠음략七音略에 사성四聲은 세로인 날줄이 되고, 칠음七音은 가로인 씨줄이 된다는 구절이 있습니다. 사성칠음은 관악기보다 현악기의 구조를 빗대어 묘사한 것 같습니다."

그러나 강원은 여전히 의문이 들었다.

"가야금도 같지 않습니까?"

세자도 강원의 말에 동의했다.

"가야금은 총 열두 개의 현으로 구성되어 있습니다. 현마다 하나의 안족에 걸쳐 있으며, 현의 굵기에 따라 순서대로 정렬되어 있습니다."

강원이 세자의 의견을 격하게 옹호했다.

"옳습니다! 열두 개의 음을 내는 가야금이 십이 율관의 음률에 더 들어맞지 않습니까?"

세종의 시선이 거문고의 괘와 안족에 고정되었다.

"처음에는 가야금이 더 비슷하다고 생각했네. 그런데 사람의 발성기관이 악기라면 구강과 비강을 표현할 수 있어야 하지 않겠는가?"

맹사성은 자신의 입안과 거문고를 번갈아 가며 살폈다. 그리고 놀라움에 잠시 말문이 막혔다.

"거문고의 괘는 소리 마찰이 있는 사람의 구강이 되고, 안족은 소리 마찰이 없는 비강을 의미한단 말씀이십니까?"

세종이 차분히 부연 설명했다.

"그렇소! 유현과 대현을 받치는 17개의 거문고 괘는 구강의 조음 위치와 비슷하며 문현과 무현을 걸치는 안족은 조음 없이 하나의 소리만 내는 비강과 같소."

세자의 입에서 자신도 모르게 감탄의 소리가 저절로 났다.

"가야금은 괘가 없고 안족만 있습니다. 그렇다면 가야금은 사람의 발성기관과는 상관없이 단지 악기의 음계만을 늘어놓은 것입니다."

이제야 세종의 얼굴이 밝아졌다.

"가야금과 거문고는 구성 자체가 다르다."

강원은 갑자기 세종이 고민하던 게 떠올랐다.

"그렇다면 왜 거문고는 현의 굵기 배열이 불규칙한지요?"

세종도 몇 년 동안 그 의문을 풀고자 박연을 비롯한 거문고 악사들에게 물었으나 아는 이가 없었다. 세종이 거문고의 현들을 조심스레 만졌다.

"그게 가장 어려웠네. 그런데 그 독특한 현의 배열이 나를 가만두지 않더군!"

다들 음악에 조예가 깊었지만, 거문고 현의 비밀을 풀기에는 역부족이었다.

　세종은 왕산악이 거문고 만들 때를 회상했다.

　"칠현금을 사람의 몸에 빗대어 말하듯이 왕산악은 분명 거문고 안에 사람의 발성기관을 그대로 옮겨 놓았네."

　모두 너무 놀라 말 한마디 할 수 없었다. 세자는 자신이 매일 연주하는 거문고에 이런 비밀이 있을 줄은 꿈에도 몰랐다.

　"거문고가 발성기관을 본떴다는 얘기는 처음 듣습니다."

　세종은 몇 년 동안 입안에서 거문고와 놀았다. 그 상상력이 거문고 현의 비밀을 푼 것이다.

　"거문고 현의 굵기는 사람의 발성기관에서 소리가 나가는 위치에 따른 소리의 부피를 표현한 것이다."

　안평대군이 차분하게 종이 위에 사람의 발성기관을 그렸다. 세종이 붓을 받아 들고 발성기관에 거문고의 현을 하나씩 그리기 시작했다.

　세종은 입안 가운데에서 소리를 "우" 하고 내면서 구강 가운데에 굵은 선을 그었다.

　"소리가 구강 가운데에서 날 때는 입안 부피가 가장 넓다. 괘 위에 있으면서 현이 가장 굵은 대현에 해당되네."

　이번에 세종은 입천장 위에서 소리를 "으" 하고 내면서 구강 윗부분에 가는 선을 그었다.

　"소리가 구강 위에서 날 때는 입안 부피가 가장 좁다. 거문고의 현 중에 괘 위에 있으면서 현이 가장 가는 유현에 해당되네."

세종은 입술을 닫고 콧소리로 높게 "으" 소리를 내면서 비강 부분에 직선으로 중간 굵기의 선을 그었다.

"소리가 코로 날 때 비강의 부피는 중간 정도이다. 이는 가장 위에서 안쪽에 걸쳐 있는 중간 굵기의 문현에 해당되네."

마지막으로 세종은 입술을 닫고 혀 밑부분에서 콧소리로 낮게 "으" 소리를 내면서 아랫부분에 직선으로 중간 굵기의 선을 그었다.

"혀 밑부분에서 소리를 내도 입을 다물면 코로 소리가 나서 현의 굵기는 문현과 같다. 가장 아래에서 안쪽에 걸쳐 있는 무현에 해당되네."

강원이 놀라워 입을 다물 수가 없었다.

"입안에 거문고가 정확히 그려집니다."

세자는 등골이 오싹해졌다.

"향피리는 관의 굵기가 일정해 관의 부피를 조절할 수 없습니다. 그러나 거문고는 입안의 부피를 자유자재로 표현할 수 있습니다."

맹사성도 인정할 수밖에 없었다.

"거문고의 정악을 고유의 전통음악인 향악으로 보는 이유를 이제야 알겠습니다."

세종은 허심탄회하게 웃었다. 마치 칠현금을 뛰어넘는 거문고를 만들었을 때 기쁨을 만끽하는 왕산악 같았다.

'사람의 발성기관에서 왕산악은 악기를 보았고, 세종은 글자를 보았다.'

세종은 혹시라도 자신이 음을 들을 때 놓치는 부분이 있을까 걱정되었다.

"짐만 듣는 것으로는 부족하다. 이제부터는 소리의 정확한 음을 들을 수 있는 악사들이 필요하다."

강원이 거들었다.

"공자도 음에 밝은 장님을 스승으로 두었다고 합니다."

세자는 전에 박연이 간언했던 말이 생각났다.

"옛날의 제왕은 모두 거문고를 잘 타는 장님 악사를 옆에 두었다고 합니다."

맹사성은 박연과 음악적으로 견해가 달랐지만, 음악에 대한 해박한 지식만큼은 그에게서 배울 게 많다고 생각했다.

"악학별좌는 세상에 버릴 사람은 아무도 없다고 누차 강조하였습니다. 조선의 음악도 중국의 음악만큼 버릴 게 없다는 것만 인정한다면 얼마나 좋겠습니까?"

"바티칸에서는 미성의 소리를 유지하기 위해 남자의 성기를 어릴 때 거세한다고 합니다."

맹사성이 강원의 해괴망측한 얘기에 눈살을 찌푸렸다.

"명나라에 끌려가 내시가 되는 조선의 백성들을 생각해도 속상한데 자기 것을 스스로 없애다니, 음악이란 참 희한합니다."

세자는 세종의 의중을 헤아렸다.

"글자의 정확한 음을 알고자 한다면 절대음감인 장님 악사가 많은 도움이 될 것입니다. 그리고 조선의 글자를 반대하는 신하들의 의심도 피할 수 있을 것입니다."

세종은 자신의 의중을 헤아리는 세자가 대견스러웠다.

"조선의 절대음감을 가진 장님들을 모아 보거라! 향피리와 거문고를 잘 다룬다면 천인이어도 상관없다. 관직과 함께 후하게 상을 내린다고 전하거라!"

六 악가무
가운뎃소리

1436년, 경복궁 근정전 마당

풍악 소리가 궁궐 안에 시끄럽게 울렸다. 궁중에서 들리는 음악이 아니라 저잣거리 주점에서 나는 소리였다. 신하들이 보고하기도 전에 세종은 이미 소란스러운 풍악의 정체를 알고 있었다.

궁궐 안에서 곽신이 휘어진 등을 굽신거리며 아뢰었다.
"전하! 양녕대군이 막무가내로 전하를 뵙고자 청하고 있습니다."
세종은 오히려 시끄러운 소리가 반가웠다.
"그러지 않아도 소식이 없어 궁금하던 참인데 잘 됐구나!"
세종은 신하들과 풍악을 울리고 있는 연못 옆으로 자리를 옮겼다. 세종의 첫째 형 양녕대군은 이미 많이 취해 있었고, 한 기생이 풍악에 맞춰 춤을 추고 있었다.

주변의 신하들이 웅성거렸다.

"양녕대군은 계집과 술에 빠져 아버지 태종에게 미움을 받아 왕위에서 밀려났는데도 예전 버릇을 못 버리고 무슨 추태인가?"

양녕대군은 술이 거하게 들어간 상태였지만 자신을 비웃는 신하들의 얘기 정도는 들을 수 있었다.

"조선의 왕 노릇은 내 동생이 잘하고 있는데 무슨 걱정이더냐? 그게 다 내가 왕위에 관심이 없던 덕분이다. 커억!"

양녕대군은 세종이 행차한 것을 보고 비틀거리면서도 옷매무새를 고쳤다.

"동생 전하! 압록강까지 영토를 넓혔으니 제가 어찌 가만히 있겠습니까? 축하하러 풍물패도 데리고 왔습니다. 저의 잔을 받으시지요!"

양녕대군은 술에 취했지만, 왕에 대한 예우는 깍듯했다. 그는 태종의 장자로 한때 왕위를 물려받을 왕세자였다.

"동생 전하는 소인이 왕세자로 있었을 때 언행에 잘못이 있을 때마다 잘못을 깨우쳐 주었습니다. 그러나 지금은 동생 전하가 워낙 나라를 잘 다스려 뭐라 드릴 얘기가 없습니다. 그래서 조촐하게나마 음악을 준비하였습니다."

세종도 어릴 때 양녕대군에게 잘잘못을 지적했던 일들이 떠올랐다.

"그래서 형님에게 질타를 많이 받았습니다. 너무 철이 없었습니다."

세종은 왕세자에서 밀려나 유일한 낙을 술과 기생으로 보내는 양녕대군을 보면서 측은한 마음이 들었다. 그래서인지 세종은 양녕대군의 실수를 탓하지 않고 모두 받아 주었다.

왕의 행차로 땅에 엎드려 있던 악사들과 무희들을 본 양녕대군이 한 명을 지목했다.

"임희는 신나게 춤 실력을 발휘해 보거라! 오늘은 무척 즐거운 날이다."

양녕대군은 항상 술자리에 데리고 다니던 어리라는 기생 대신 다른 여인을 데리고 왔다.

"임희라는 무희舞姬인데 저잣거리에서는 꽤나 인기가 있습니다. 춤 하나는 끝내줍니다."

세종의 눈치를 살피던 임희는 양녕대군의 재촉에 못 이기며 음악에 맞춰 춤을 췄다. 세종도 잠시 신하들과 가무를 구경했다.

양녕대군은 술에 만취해도 입바른 소리를 많이 했다.

"항상 좋은 날에는 음주 가무가 있어야 맛이 나지요! 옛날부터 악가무樂歌舞 일체라 하여 악樂이란 악기와 노래 그리고 춤이 하나를 이룰 때 완성이 된다는 얘기도 있지 않습니까? 하, 하, 하. 꺼억!"

술에 취한 양녕대군의 말을 들으면서도 세종은 임희의 춤사위에 잠시 시선을 멈췄다. 양녕대군의 말이 귓가에 계속 맴돌았다.

'악가무!' 세종이 취한 것 같았다.

세종은 악을 이루었다고 생각했다. 황종율관의 황종음, 편경의 제작, 향악의 정립 그리고 거문고의 비밀을 풀었다. 그러나 아직 아니었다. 단지 소리를 내는 악기만을 만들었을 뿐이다.

양녕대군은 자신을 자제시키는 신하들을 보면서 소리를 질렀다.

"너희들이 궁중 음악만 들어서 진짜 재미있는 노래와 춤을 몰라보는구나! 저잣거리 춤판이라 천해 보이더냐? 너희들이 악을 아느냐?"

'저잣거리의 춤판, 백성의 노래!' 양녕대군이 소리를 지를 때마다 세종의 마음에서는 메아리가 울렸다.

향악을 주장하던 맹사성, 강원 그리고 세종이 잠시 잊고 있는 게 있었다. 백성들의 노래와 춤 그리고 악기가 포함된 음악이 진정 조선에 맞는 향악이 될 수 있다는 것을 깜빡한 것이다. 그들은 거문고라는 악기에만 멈춰 있었다.

세종은 양녕대군의 소란을 마무리하고 세자만을 데리고 궁궐 안에 들어왔다.

'음악이란 무엇인가?' 세종은 다시 고민에 빠졌다.

세종이 음악에 이렇게 몰두하는 이유 중 하나는 치세지음治世之音, 세상을 음악으로 다스린다는 뜻을 따랐기 때문이다. 백성들에게 바른 음악인 정음正音을 실현해야 했다.

'악기는?' 세종이 거문고를 연주하는 이유도 음악을 완성하는 요인 가운데 하나가 악기이기 때문이었다.

'노래는?' 세종이 조선의 말에 집착하는 이유도 백성이 사용하는 말로 가사를 쓰고 노래를 부르게 하기 위해서였다.

'무용은 무엇인가?'

그러나 무용에 대해서는 생각해 본 적이 없었다.

'악가무가 하나가 되는 것은 무엇인가? 무용과 악기와 노래가 하나가 되는 방법을 찾아야 한다.'

세종은 왕이라는 외로운 길을 이어받을 세자를 보면서 동병상련同病相憐의 마음이 들었다.

"세자가 꿈꾸는 조선은 어떤 모습이더냐?"

세종은 누구에게도 말 못하는 자신의 마음을 밤늦게까지 세자와 나누며 단둘이 오랜 시간을 보냈다.

다음날, 봉희 구장

세종은 머리를 식힐 겸 오랜만에 정인지, 세자, 맹사성 그리고 강원과 봉희를 즐겼다. 거구의 부관 강재혁이 세종의 봉을 들고 다니면서 소리를 질렀다.

"호타好打입니다. 굉장하십니다!"

오랜만에 마음이 홀가분해서인지 공도 잘 맞았다.

"마음이 가벼우니 공도 가볍게 날아가는구려! 봉희는 마음이 중요한 듯하네."

강원도 한결 편해 보이는 세종을 치켜세웠다.

"전하는 봉을 휘두를 때 도대체 어떤 생각으로 하시기에 이리도 공을 잘 치십니까?"

강원의 아부 섞인 말이었지만 오늘따라 세종도 왠지 싫지 않았다.

"봉희란 무엇인가? 동작에 너무 큰 의미를 두다 보면 봉희라는 놀이 그 자체를 놓칠 수 있네! 낫 놓고 기역 자도 모르는 꼴이 되는 거지!"

봉희를 얘기하던 세종은 갑자기 글자에서 자신이 놓쳤던 부분이 있었는지 되짚었다. 세종은 몸으로 봉희를 하면서도 머리에는 소리와 글자 생각뿐이었다.

"소리란 무엇이란 말인가?"

세종은 글자를 음악으로 표현하기 위해 처음부터 다시 소리를 끄집어내고 있었다. 옆에 있던 정인지가 대답했다.

"소리는 악기처럼 공간에 울려 퍼집니다."

정인지가 더 이상 말을 잇지 못하자 다시 세종이 진지하게 물었다.

"노래는 보이느냐?"

"안 보입니다."

"무용은 보이더냐?"

"보입니다."

'보이지 않는 것과 보이는 것이 하나가 되어야 진정한 악樂이 된다!'

세종의 입에서 고뇌의 신음소리가 흘러나왔다.

"아! 소리가 보인다?"

강원은 세종의 말이 너무 오묘하게 들렸다.

"전하! 마치 성리학에 나오는 태극 음양의 이치를 말씀하시는 것 같습니다. 서로 양극이지만 상호보완한다는 원리가 있지 않습니까?"

그러나 성리학은 64괘의 결합이 변화무쌍하고 해석이 제각각이라 항상 논쟁의 여지가 있었다. 귀에 걸면 귀걸이, 코에 걸면 코걸이였다. 산학과 천문학에 빠져 있던 세종은 모호한 성리학보다 일정한 수의 비율을 따진 음악에 믿음이 더 갔다.

세종의 고민과 함께 봉희는 오후 늦게까지 계속되었다. 세자의 공이 멀리 날아갔다. 이를 본 강원이 너스레를 떨었다.

"제 차례입니다. 장타가 무엇인지를 보여 드리겠습니다."

강원이 '부~ 웅' 하고 크게 봉을 휘둘렀다. 그러나 봉의 궤도만을 너무 의식한 나머지 빗나가고 말았다. 공이 힘없이 몇 걸음 굴러가다 멈추자 모두 박장대소를 했다.

강원은 민망해서 급하게 자문을 구했다.

"전하! 제가 휘두를 때 봉의 궤도를 잘못 그렸는지요?"

세종은 웃으면서 핀잔을 주었다.

"하, 하, 하! 변명이 많네! 휘두를 때 봉의 궤도가 보이더냐? 보이지 않는 것은 논할 필요가 없네!"

강원은 억울하듯 되물었다.

"그러나 봉희를 배울 때 전부 봉이 지나가는 궤도만을 연습합니다."

세종은 오히려 강원을 탓했다.

"중국의 봉희라 해서 그냥 따라 하면 되겠는가? 보이지 않는 것을 만들라고 하니 봉희가 어려울 수밖에! 궤도의 모양보다 더 중요한 게 따로 있네! 그러나 봉희와 달리 소리가 보이려면?"

순간 세종은 그동안 고민하던 어려운 마방진이 풀리는 기분이 들었다. 세종의 눈앞에 소리가 보였다.

"모양이다! 무용이 보이는 이유는 몸의 모양 때문이다. 소리가 보이려면 모양이 있어야 한다. 말소리의 모양을 결정하는 것은 무엇인가? 바로 발성기관의 모양이다. 따라서 발성기관의 모양이 말소리의 음계이자 연주 부호가 된다."

강원도 편경을 시연하던 때를 상기했다.

"전하께서 편경도 모양에 따라 음이 다르다고 하지 않으셨습니까?"

' 소리에 모양을 입히다 '

세종 일행은 잠시 봉희를 멈추고 격구장 근처에 마련된 막사에 앉았다. 훈련을 마친 김종서가 합류했다. 막사 너머에서는 한참 병사들이 택견(수박)을 수련 중이었다.

세종이 자신도 모르게 중얼거렸다.

"택견은 물 흐르듯 곡선을 그리는 그 움직임이 자연스럽군!"

세종은 김종서에게 단도직입적으로 물었다.

"택견과 중국 무술의 다른 점이 무엇이오?"

김종서는 많은 전장을 누빈 백전노장이었다. 문인 출신으로 학식도 뛰어난 편이었다.

"택견은 중국 무술과 달리 한 박자가 더 있어 흐름이 다릅니다."

'한 박자!' 세종이 순간 아차 싶었다.

윤나강이 명나라와 조선의 말에서도 한 박자가 차이 난다고 했을 때는 무심코 넘어갔는데, 무술에서도 한 박자가 다르다는 김종서의 말에 세종은 전율을 느꼈다.

"말뿐만 아니라 몸의 움직임까지 한 박자가 차이 난다!"

세종은 백성들이 저잣거리에서 추는 춤을 떠올려 봤다. 분명 택견과 비슷한 곡선의 몸놀림이었다.

세종은 맹사성에게 물었다.

"백성들이 부르는 민요는 몇 박자요?"

맹사성은 세종의 간절함이 느껴졌다.

"조선의 민요는 세 박자입니다. 그래서 유동적인 음을 바탕으로 곡선적인 음악을 만드는 반면, 중국 민요는 간결하고 직접적인 두 박자입니다."

'세 박자라?' 세종은 믿기지 않는 듯 중얼거렸다.

강원도 맹사성을 거들었다.

"예전에 우리 조상들이 사용하던 말도 삼분법이었다고 합니다."

세종은 문득 인도에서 주안이 보낸 서신이 생각났다.

"중국에서는 범어를 이분법으로 왜곡하면서 세상의 언어들이 이분법이 되었다고 한다. 이를 바로잡아야 한다!"

순간 세종의 주변에 모든 것이 하얗게 사라졌다. 단지 세종의 눈앞에는 황종율관과 3이라는 숫자만이 공중에 두둥실 떠올랐다. 세종은 자신만의 세계로 빠져들었다.

'왜 황종율관을 삼분손익법으로 만든단 말인가? 조화로운 소리만이 음이 된다고 했다. 그 음은 우연하게도 삼분법을 따른 소리란 말인가? 변하는 소리 聲를 변하지 않는 소리 音로 만드는 수 數가 3이란 말인가?'

세종은 다시 천문학의 세계로 들어갔다.

'이순지도 천문에서 사용하는 원주율이 3이라고 하였다. 천지인 삼재 三才도 3이다. 진정 세상 만물을 조화롭게 만드는 수가 3이란 말인가?' 세종은 3이라는 숫자가 신기하기만 했다.

'그런데 우리 조상들이 삼분법을 쓰고 있다는 것은 이미 이 비밀을 알고 있었단 말인가?' 세종의 상상은 걷잡을 수 없었다.

'황종율관에서 황종음을 생각해 보자!' 세종은 황종율관 안에서 흐르는 소리 위에 앉았다.

'황종율관에서 나는 소리도 율관 도입 부분에 나는 첫소리, 율관 안에 흐르는 가운뎃소리 그리고 율관 끝부분에서 나가는 끝소리까지 하나가 되어야 황종음을 낸다.'

'소리는 3으로 나뉜다.'

　황종율관에서 나온 세종은 양녕대군이 데리고 왔던 무희들의 춤사위를 따라 하고 있었다.
　'무용도 첫 동작을 취하고, 가운데에 몸을 움직여 마지막 동작을 취한다. 이를 연속동작으로 하면 끝 동작이 다음 동작의 첫 동작으로 연결된다. 이는 말의 끝소리가 다음 말의 첫소리가 되는 것과 일맥상통한다.'
　세종의 시선은 악기들 사이에서 거문고를 켜고 있는 악사의 손놀림으로 옮겨졌다.
　'거문고의 기본 주법도 3성 聲이다. 첫소리는 왼손으로 현을 짚고 가운뎃소리는 오른손의 술대로 현을 울리며, 끝소리는 왼손으로 현을 문지르면서 자연스럽게 마무리한다. 음과 음 사이의 간격을 연주하는 것이다. 여기에 끝소리를 생략하면 2성 聲으로 변환도 가능하다.'
　어느새 거문고와 3이라는 숫자가 사라지고 세종 주변에 신하들의 모습이 나타났다. 상상 속에서 빠져나온 세종은 갑자기 신하들에게 한마디 외쳤다.
　"악가무를 하나로 만드는 것은 3이다."
　'매일 소리를 내면서도 이를 몰랐단 말인가?' 세종은 뭔가 복잡 미묘한 감정을 느꼈다.

'조선의 악樂은 삼분법이다.'

⬥

오늘따라 유난히 붉은 노을이 더 붉게 보였다. 저녁 그림자에 강원이 열심히 봉을 잡고 휘두르는 동작을 취했다. 이 모습을 보던 세자가 농으로 물었다.

"무엇을 그리 열심히 하십니까?"

강원이 한 번 더 흉내를 냈다.

"봉을 휘두르는 동작도 무용이니 삼분법으로 되지 않겠습니까? 봉을 잡는 준비 자세, 봉을 휘두르는 동작, 봉을 마무리하는 자세, 기가 막히게 세 박자에 맞습니다. 제가 너무 공을 치는 궤도만 신경 쓴 나머지 마무리 자세가 없었습니다. 다음 시합에서 장타는 제 차지입니다."

"하, 하, 하!"

강원의 유쾌한 농담에 세종도 마음껏 웃을 수 있었다.

✻

하루아침에 신과 같은 솜씨로 지으셨으니
우리나라 천고의 세월에 어둠을 여시었네!

七 일성정시의

가운뎃소리

1438년 1월 밤, 경회루 북쪽 간의대

조선의 밤하늘을 수많은 별이 촘촘하게 수놓았다. 간의대에 세워진 천문기구들이 별빛과 함께 반짝였다. 그중에 유독 이목을 끄는 천문기구가 있었다. 용머리가 하늘을 향해 불을 뿜어 내듯이 입을 벌리고, 용의 입에는 둥근 원반이 매달린 십자 쇠막대기가 꽂혀 있었다. 원반 위에 놓인 가는 막대기는 북두칠성 별자리를 가리켰다.

세종도 이 천문기구의 위용에 빠져들었다.
"용의 머리에 여의주를 형상한 이것은 무엇이오?"
정인지가 차분히 아뢰었다.
"일성정시의 日星定時儀입니다. 낮에는 해시계로, 밤에는 북극성을 기준으로 별자리의 움직임을 원형으로 표시한 별시계입니다."

정인지가 장영실을 힐긋 쳐다봤다.

"용의 형상은 대호군 장영실이 전하를 위해 밤을 지새우면서 제작하였습니다. 정밀하게 만드느라 네 개밖에 못 만들었습니다."

장영실의 진심 어린 목소리가 떨렸다.

"제 마음속 전하의 모습입니다."

장영실은 세종과 일성정시의를 번갈아 보며 말했다.

"일성정시의에 용이 물고 있는 저 원반이 여의주와 같은 신물神物입니다. 큰 비밀을 품고 있습니다."

장영실은 주변을 살피면서 의미심장한 말을 남기고 뒤로 물러섰다. 세종도 더 물어보고 싶었지만, 평소와 다른 장영실의 태도에 자제했다.

"나중에 천천히 얘기해 주게!"

장영실이 노비였을 때 태종이 그를 등용했고, 세종도 장영실을 총애하며 가까이 두었다. 장영실은 누구보다 세종의 의중을 잘 알았다. 왕이 천문학에 이렇게 집착하는 이유가 단지 농사만을 잘 짓기 위함이 아니라는 것도 알고 있었다.

세종이 일성정시의 옆에 있는 구球의 형태를 띤 천문관측기구를 조심히 어루만졌다.

"이것은 전에 보던 명나라의 천문기구와는 다르오! 무엇이오?"

정인지가 세종 옆으로 다가섰다.

"명나라의 대지 중심인 혼천설渾天說을 벗어나 조선 하늘에 맞게 둥근 구형으로 제작한 혼천의渾天儀입니다."

이순지가 간단명료하게 설명했다.

"우주 천체의 운행과 그 위치를 알기 위해 천체의 적경과 적위를 측정할 수 있는 천체관측기구입니다."

세종은 점점 천문에 빠져들었다.

"이제는 우주 천체에서 한양의 위치를 알 수 있단 말이냐?"

가만히 지켜보던 젊은 김담이 당차게 나섰다.

"명나라의 역법 대신 아랍의 역법을 변형하여 적용하면 조선의 일 년 주기도 정확히 알 수 있습니다."

세종은 들을수록 신기했다.

"참으로 신비롭다. 음악을 황종율관의 비율로 정하듯이 우주 천체의 비밀도 수의 비율로 알 수 있다니 참으로 놀랍도다. 천체가 음악과 같구나!"

북극성과 거리를 둔 별들이 음을 내는 것처럼 자신의 순서에 맞춰 반짝거리고 있었다. 한동안 별들의 연주는 계속되었다.

칠 년간 정인지와 이순지를 필두로 조선의 천문학자들이 비밀리에 추진했던 작업이 마무리 단계에 있었다. 세종은 1420년 도량형 통일을 목적으로 시작된 황종율관의 제작을 조선의 천문학 완성까지 생각했다. 그리고 세종은 하나 더 가슴에 품고 있었다.

"언제 그 결과를 알 수 있겠느냐? 조선만의 일 년 주기를 아는 날, 그날이 진정으로 하늘 아래 조선이라는 나라가 있음을 세상에 알리는 날이 될 것이다."

순간 세종의 굳은 눈빛이 북극성에 박혔다.

이순지는 의외로 조심스러웠다.

"아랍 역법의 오점을 보완하기 위해 아주 세밀한 계산이 필요하며 몇 년간 천체의 움직임을 더 살펴야 합니다."

세종은 이순지의 손을 잡고 격려했다. 집현전 학자들을 아끼는 세종의 마음을 누구나 알고 있었다.

"심혈을 기울여서 조선의 시간을 찾아내거라!"

세종은 정인지에게도 명했다.

"조선의 천문을 한눈에 볼 수 있는 흠경각을 짓도록 하시오! 후대에 조선이 천문학에서 전례 없는 업적을 세웠음을 알게 하고 싶소."

어느 때보다 강한 어조로 명을 내리는 세종의 모습에 분위기는 숙연했다. 그때 강원이 조심스레 침묵을 깼다.

"전하! 명남과 이도신이 명나라 사신들에게 조선의 천문학 소식을 흘린다고 합니다. 염려되옵니다."

정인지도 같은 마음이었다.

"조선이 명나라의 천문학을 앞섰다는 소식이 전해진다면 명나라 황제가 전하뿐만 아니라 관련자들을 가만히 두지 않을 것입니다. 특히 천문기구들은 야외에 세워졌으니 숨기기도 힘듭니다."

세종은 신하들의 걱정과는 다르게 오히려 적극적이었다.

"이젠 눈치를 보지 마시오! 장영실은 더 거대한 용의 모습이 새겨진 천문대 제작을 부탁하네! 명나라 사신들이 보아도 위엄을 느낄 수 있는 용을 만들어 주게!"
 신하들은 명나라의 보복이 걱정되었지만, 세종의 목소리는 흔들림이 없었다. 세종의 눈빛은 어느새 일성정시의에 매달린 용의 눈빛을 띠었다.

八 조선의 첫소리

가운뎃소리

1439년, 집현전

향악을 추진하던 맹사성이 세상을 떠난 지도 일 년이 흘렀다. 음악에 있어 벗이었던 맹사성의 죽음은 세종에게 과업을 이루기 위한 채찍이 되었다. 한편, 불교를 대하는 세종의 태도는 전과 달라졌다. 유교를 받아들이고 불교를 배척하던 세종이 생각을 바꾸고 갑자기 궁궐 안에 불당을 들인다고 하자 집현전, 사간원, 사헌부의 신하들은 심하게 반대했다. 집현전 부제학 최만리뿐만 아니라 영의정 황희도 만류했다.

　최만리가 불교에 빠져든 세종에게 불만이 들끓었다.
　"유교를 국교로 삼는 조선에서 부처를 섬긴 임금은 본받지 못할 터인데 어찌 전하만을 위하여 불교를 취하려 하십니까?"
　사헌부의 권자홍도 최만리의 항소에 동참했다.

"소문에 사리탑의 불골佛骨을 궁내로 들여왔다는데, 절대 아니 되는 일이오니 속히 밖으로 내보내시길 바랍니다."

그러나 명나라 사신들에게 쩔쩔매던 예전의 세종이 아니었다.

"백성들이 유교를 믿더냐? 불교가 천하에 두루 퍼졌다. 하물며 조선도 이 같은 순리를 일체 배척할 수 없다. 너희들이 그렇게 중요시 말하는 큰 나라를 섬겨야 한다는 사대주의와 뭐가 다르냐?"

'백성들의 마음에는 고려불교가 유교보다 가까운 믿음이다. 심지어 고려에서 조선으로 변한 것조차 모르는 백성들이 많지 않은가?'

세종은 자신의 마음속 깊은 갈등과 신하들의 반대에도 불구하고 내불당을 지었다. 그곳에서 세종은 둘째 형 효령대군과 조선 백성을 위한 불교에 대해 속 깊은 얘기를 많이 나눴다. 그리고 인도에서 돌아온 신미대사를 내불당으로 오게 하고, 자식들에게 말했다.

"앞으로 신미대사를 스승으로 섬기고 예를 갖추어라!"

세자를 비롯해 수양대군과 안평대군은 신미대사에게 제자로서 예를 올렸다. 이는 세종이 신하들의 반대에도 불구하고 백성들에게 불교를 전파하려는 무언의 암시였다.

세종은 세자에게 왕의 업무를 맡기고 궁궐 밖 출입을 금했다. 단지 정의공주, 윤나강, 이수 그리고 안평대군만이 드나들 뿐이었다.

윤나강이 보따리를 조심히 내려놓았다.

"각종 악기의 악보들을 가지고 왔습니다."

거문고와 가야금의 악보뿐만 아니라 서양 악기의 악보까지 처음 보는 것이 많았다. 세종은 신기한 얼굴로 찬찬히 훑어보았다.

이수도 통에 담긴 종이들을 꺼내기 시작했다.

"발성기관의 모양들을 그려 보았습니다."

이수가 꺼낸 종이에는 사람의 얼굴 모양과 입술, 치아, 혀, 목구멍 등 신체 일부가 세밀하게 그려져 있었다.

안평대군도 종이들을 챙겨 건넸다.

"발성기관의 모양과 비슷한 글자들을 써 보았습니다."

마치 사람의 입술과 혀처럼 살아 움직이는 듯한 글자였다. 발성기관을 그린 그림과 글자에 세종의 시선이 멈췄다.

"거문고가 세상의 소리를 담듯이 짐이 생각하는 글자는 세상의 말들을 오롯이 담아내는 것이다. 백성을 위한, 조선을 위한, 후대를 위한 글자가 될 것이다."

어느 정도 세종의 의중을 예상했지만 그의 입에서 나온 말은 어느 때보다 비장함이 엿보였다.

"조선의 글자는 백성들이 사용하는 말에서 비롯되어야 한다."

'백성의 소리!'

안평대군의 입에서 감탄이 흘러나오는 사이 세종은 다시 강조했다.

"입에서 나는 소리와 입의 모양은 정확히 일치해야 한다."

세종은 집중한 나머지 곽신이 문밖에서 아뢰는 것을 듣지 못했다. 두 사람이 내시들의 손을 잡고 조심히 들어오고 있었다. 이를 본 세종이 버선발로 뛰쳐나가 크게 반겼다. 이 둘은 절대음감을 찾으라는 세종의 명을 따라 수소문한 끝에 찾아낸 장님 악사들이었다.

오른손에 술대를 들고 있는 장님이 먼저 인사를 올렸다.

"왕여라고 합니다."

왕여는 고려 왕족의 후손이었다. 어릴 적 고문에 두 눈을 잃고 천민이 되어 탐라(제주도)로 유배당했다. 모진 고통을 거문고 연주로 승화해 조선 제일의 거문고 장인이 되었다.

세종은 왕여의 손을 잡으며 무겁게 입을 열었다.

"그래. 고생이 많았다. 우리가 하는 일은 고려와 조선에 사는 백성들을 위한 일이다. 그러니 마음을 여시게!"

왕여도 시대적 아픔을 받아들였다.

"전하께서 불교를 다시 받아들이고, 고려역사 또한 새로 편찬한다는 소문을 들었습니다. 소신의 작은 힘을 보태겠습니다."

왕여도 진심으로 고마움을 표시했다. 왼손에 향피리를 들고 있던 장님도 인사를 올렸다.

"양염이라고 합니다."

양염은 선비 집안에서 태어났지만 어릴 적 지병으로 눈을 잃어 양

민으로 살고 있었다. 평양에서 향피리로 소문이 자자했다.

세종은 양염의 손을 꼭 잡았다.

"그래. 오느라 고생이 많았다. 이들에게 벼슬을 주고 궁중에서 악사로 지내는데 불편하지 않도록 각별한 신경을 쓰거라!"

세종은 신분을 막론하고 능력 있는 인재를 극진히 대했다. 세종은 두 사람에게 다른 사람들과 인사를 나누게 하고는 다시 문자 얘기로 돌아갔다.

"짐은 사람의 발성기관을 악기라 생각해 보았네. 따라서 글자의 소리는 악기의 음을 나타내는 부호처럼 음의 값에 정확하게 맞아야 하네. 그래서 자네들이 꼭 필요하네."

왕여와 양염이 허리를 깊숙이 숙이자 세종은 흐뭇하게 쳐다봤다.

"소리로 무용까지 표현할 수 있도록 글자의 기본 틀을 삼분법으로 정해 보았네."

윤나강은 자신이 바티칸에서 접한 라틴어도 소리 문자였던 것을 떠올렸다. 세종이 구상하는 소리 문자 역시 악기처럼 매우 규칙적인 것을 보고 다시금 놀랐다.

"이렇게 간단하고 규칙적인 소리 문자는 어디에서도 본 적 없습니다."

세종은 조선의 초목, 흘러가는 구름, 바람 소리에서 글자들이 보이는 것 같았다.

"보이는 글자와 보이지 않는 말이 하나가 되어야 진정한 언어이다.

말은 소리이고 소리를 담은 것이 곧 음악이다. 음악이 글자가 되어 세상의 모든 말을 바르게 적을 수 있을 것이다."

정의공주와 안평대군도 감탄을 금치 못했다.

"자연의 소리가 보이는 듯합니다."

세종이 윤나강을 재촉했다.

"그래! 거문고의 부호를 보자꾸나!"

双

'ㄱ'은 '쌀갱'으로 문현을 치고 유현을 치는 부호이다
'ㄱ'은 '싸랭'으로 문현과 유현을 빠르게 치는 부호이다
'ㄱ'은 문현과 유현 / 대현을 1:2로 박을 나누는 '살갱'이다
'ㄱ' 문현과 유현 / 대현을 2:1로 박을 나누는 '슬기등'이다

윤나강은 거문고 악보를 찬찬히 살폈다.

"현을 치는 빠르기에 따라 점(•)을 추가하고, 그 점의 개수로 박자의 비율을 구분하였습니다."

악보를 보고 있던 세종이 연신 고개를 끄덕였다.

"거문고의 특정한 현에서 소리를 낼 때 글자 ㄱ 모양을 부호로 사용하였다. 어느 현에서 소리가 울릴지 한눈에 알 수 있겠구나! 참으로 지혜롭다!"

가야금을 즐겨 연주하던 정의공주도 깜짝 놀랐다.

"가야금에서도 현을 치는 방법에 따라 슬기둥을 ㄱ으로, 싸랭을 ㅋ으로 표시합니다."

세종이 왕여에게 거문고를 켜보도록 했다.

왕여가 문현과 무현을 빠르게 치자, '싸~ 르링' 소리가 높게 울렸다.

"싸랭입니다."

이번에는 왕여가 문현을 치고 유현을 박자에 맞춰 치자 '슬~ 기 깅' 소리가 울려 퍼졌다.

"슬기둥이라고 합니다."

"두~ 뚱~" 거문고의 연주는 식을 줄 몰랐다.

세종은 거문고 박자에 맞추며 입안에서 글자 모양을 유추하는 데 온정신을 다했다.

"정확하냐?"

이에 정의공주와 윤나강이 열심히 소리를 내어 보았다.

"조금 더 꺾인 듯합니다."

정의공주와 윤나강의 대답을 들은 안평대군과 이수가 그 모양을 작은 붓으로 그렸다.

"조금 더 앞으로 그립니까?"

다음으로 왕여와 양염이 악기로 그 음을 따졌다.

"상商 음보다는 높고, 각角 음보다는 낮습니다."

다시 정의공주와 윤나강이 소리의 모양을 확인했다.

"혀끝이 조금 더 위에 있는 형상입니다."

저녁에는 세자가 합류하여 그 글자가 어느 발성기관의 모양인지 맞히게 했다.

"잇소리에 해당되는 글자입니까?"

세종과 일행들의 소리가 더해질수록 조선의 글자를 품은 종이들이 수북하게 쌓여 갔다.

1442년 봄, 경복궁 사정전

거문고 소리가 여러 번 바뀌면서 울려 퍼지는 동안, 초록 새싹이 돋고 파란 잎이 떨어져 앙상한 가지 위에 눈이 쌓이기를 몇 해가 반복되었다. 정인지가 세종에게 소식들을 전하기 위해 가끔 들렀다.

세종의 지휘 아래 조선의 글자는 가지의 잎새처럼 하나씩 그 모양을 드러냈다.

"자음이다! 조음위치에서 발성기관의 모양을 본뜬 글자들을 정리하자!"

안평대군이 그동안 종이 위에 그려진 글자 가운데 자음 다섯 개를 골라 그 종이를 내밀었다.

"아설순치후의 순서에 의해 ㅇ, ㄴ, ㅁ, ㅅ, ㅇ입니다."

윤나강의 설명이 이어졌다.

"'ㆁ'은 혀의 가장자리가 윗어금니에 닿은 모양입니다. 'ㄴ'은 혀끝이 위로 구부러진 모양이며, 'ㅁ'은 입술을 오므린 모양, 'ㅅ'은 혀끝과 아랫니가 만든 모양, 'ㅇ'은 목구멍이 둥근 모양입니다."

세종은 이수에게 입술소리로 ㅁ 모양을 신중하게 그리라고 지시했다.

"입술과 치아의 간격이 좁아 음의 간격을 맞추고자 입술을 앞으로 약간 내민 모양이다."

이수가 또렷하게 입술 모양을 만들어 보였다.

"옆으로 늘어진 입술이 가운데로 모여 사각형의 모양이 됩니다."

세종은 특히 잇소리에 주의를 많이 기울였다.

"ㅅ의 조음위치는 치아가 되지만 잇소리를 조율하는 것은 혀끝이다. 온전한 잇소리는 혀끝이 아랫잇몸에 닿을 때이다."

세종은 잠시 말을 멈추고 안평대군에게 ㅅ의 정확한 모양을 그리도록 했다.

안평대군이 아뢰었다.

"ㅅ이 거꾸로 있는 모양새가 마치 지붕이 뒤집힌 것 같습니다."

안평대군의 표현에 세종이 잠시 웃었다.

"지붕을 뒤집어 놓으면 집 구실을 할 수 없지 않겠느냐? 잇소리는 반듯하게 세운 ㅅ 모양으로 정하면 되겠다. 단, 혀끝의 위치를 정확히 표시해야 한다."

양염이 소리의 음을 따지기 시작했다.

"다섯 글자는 혀가 구강을 막고 있어 소리가 거세지 않아 코로 나갑니다."

세종이 잠시 멈췄다.

"ㅅ은 아니다."

왕여가 다시 잇소리를 내어 보았다.

"ㅅ은 다른 자음과는 다르게 혀끝이 아랫잇몸에 있어 소리가 약할지라도 코가 아닌 구강으로 나갑니다."

세종은 잠시 고민에 빠졌다. 이내 무언가 풀리지 않는 듯 혀를 찼다.

"ㅅ을 제외하고 조음위치에서 나는 소리가 거세지 않아 음으로 구분하기가 불가하다. 오음은 모름지기 구강에서 나는 소리인데 자꾸 비강으로 소리가 빠져나가니 어찌 음을 따질 수 있단 말인가?"

율려신서에서는 단지 조음위치 아설순치후를 오음으로 봤다. 반면 세종은 철저하게 조음위치에서 나는 소리 중 음音의 값을 갖는 글자들만 오음으로 삼았다. 그러나 입안에서 궁상각치우에 맞는 조음위치를 정하기란 가히 쉬운 일이 아니었다.

한참 동안 어색한 침묵이 흘렀다. 길 잃은 글자들이 허공에 아른거리다 이내 물거품처럼 사라졌다. 세종도 계속 생각나지 않아 손으로 머리를 눌렀다가 턱을 눌렀다가 가만히 있지 못했다.

몸을 뒤척이던 세종이 힘없이 물었다.

"경들은 어떻게 생각하시오?"

세종이 손으로 턱을 누르며 말할 때마다 목소리가 다소 높아졌다.

이때 세자가 외마디 탄성을 질렀다.

"아바마마! 눌러야 음이 됩니다."

'소리聲는 눌러야 음音이 된다'

세자는 문제를 해결할 단서를 달라는 듯 자신을 뚫어지게 쳐다보는 세종을 응시했다.

"거문고는 괘 위에 있는 현을 왼손으로 눌러야 원하는 음의 소리를 낼 수 있습니다. 거문고의 괘가 사람의 구강이라 하지 않았습니까? 똑같습니다."

양염의 눈이 번쩍였다.

"향피리도 손가락으로 구멍을 막아야 그 음을 낼 수 있습니다."

세종도 마침내 무언가를 깨달은 표정을 지었다.

"맞다! 소리와 음은 엄연히 다르다. 각 조음위치에서 입술이나 혀로 눌러서 나오는 소리만이 궁상각치우의 글자가 될 수 있다. 오늘에서야 세자 덕분에 음을 깨우쳤도다. 하, 하, 하!"

멀끔히 쳐다만 보던 강원도 눈치채고는 말을 덧붙였다.

"옛것이 어찌 다 옳겠습니까? 단지 참고하여 더 좋게 고쳐 쓰면 그만입니다."

윤나강도 두 귀를 의심했다.

"조선말은 중국말과 달리 조음위치를 누르면서 소리를 내니 음이 더 높지 않겠습니까? 이는 향악이 아악보다 음이 높은 이유와 같습니다."

탄력을 받은 세종은 박차를 가했다.

"각 조음위치에서 입술과 혀로 눌렀을 때 나오는 실질적인 음을 갖는 기본글자들이 무엇이냐?"

안평대군이 다시 종이에 다섯 개 글자를 순서대로 썼다.

"음을 가진 글자들입니다."

'ㄱ, ㄷ, ㅂ, ㅈ, ㆆ'

윤나강이 다시 다섯 글자의 모양을 정리했다.

"'ㄱ'은 혀의 가장자리가 윗어금니를 누를 때 혀끝이 윗잇몸을 향한 모양이며, 'ㄷ'은 혀끝이 센입천장을 누르는 모양입니다. 'ㅂ'은 입술을 앞으로 약간 내민 상태에서 윗입술을 아래로 누르는 모양이며, 'ㅈ'은 혀끝이 아랫잇몸을 누르는 모양입니다. 목구멍소리인 'ㆆ'은 혀뿌리가 목구멍을 막는 모양으로 여린입천장을 누릅니다."

세종이 그토록 찾아 헤매던 글자들이었다. 치솟는 감정을 억눌렀다.

"ㄱ, ㄷ, ㅂ, ㅈ, ㆆ 이것이 바로 궁상각치우의 음계를 갖는 기본자음들이다."

세종은 잠시도 멈출 수 없었다.

"그렇다면 기본자음들을 사람의 구강 구조에 맞게 다시 정리하면 어떻게 되는가?"

윤나강이 잠시 입안을 꼼꼼히 살폈다.

"구강에서 조음 순서는 입술소리, 잇소리, 혓소리, 어금닛소리, 목구멍소리입니다. 따라서 ㅂ, ㅈ, ㄷ, ㄱ, ㅎ이 됩니다."

왕여가 갑자기 입안에서 음을 짚다가 자신도 모르게 "아" 하고 외마디 소리를 질렀다.

"전하! ㄷ과 ㄱ의 음이 이상합니다. 글자를 음계로 따지면 궁상각치우가 아니라 '궁상치각우'처럼 들립니다."

이수가 조음위치에 따라 그림을 그렸다. 기본자음들의 음높이를 따져 보았다. 그러나 왕여의 말대로 음계의 순서 중에서 치와 각의 순서가 뒤바뀌어 있었다.

궁궐은 한참 동안 입안에서 흘러나오는 소리로 진동했다. 메아리가 세차게 파도칠 정도였다. 특히 강원이 격하게 소리를 내느라 그의 양 볼이 팽팽해졌다.

이를 본 세자가 웃음을 참지 못하며 말했다.

"볼에서 금방 달걀이라도 나올 것 같습니다!"

모두 한바탕 박장대소하고 있을 때 세종만은 미동이 없었다. 강원의 볼을 빤히 쳐다보던 세종이 갑자기 무언가를 깨달은 듯 무릎을 쳤다.

"부피가 빠졌네!"

"예?"

모두 영문을 몰라 서로 바라보기만 했다. 세종은 호탕하게 웃었다.

"기장 90개 길이뿐만 아니라 기장 1200개 들어가는 부피를 황종율관이라 하지 않느냐? 조음위치 순서는 길이만을 따진 것이지 부피를 고려한 것은 아니네!"

세종의 말 한마디 한마디가 요동쳤다.

'부피에 따라 음높이 다르다.'

윤나강도 뒤통수를 맞은 느낌이 들었다.
"그러합니다. 큰북이 작은북보다 부피가 크기 때문에 음이 낮아지는 것과 같습니다."

놀라움을 금치 못한 강원의 눈이 휘둥그레졌다.
"편경도 경석의 길이가 아닌 굵기로 음높이를 정합니다."

세종은 당연하다는 듯이 고개를 끄덕였다.
"율려신서에서 설명하는 십이 율관도 굵기가 같은 율관의 길이를 비교한 것이다. 그러나 사람의 입안은 혀의 위치에 따라 부피가 다르게 변한다. 따라서 조음위치 순서에 입안의 부피도 고려해야 올바른 궁상각치우의 음계 순서를 정할 수 있다."

세자는 입을 다물 수 없었다.
"이는 입안의 부피에 따라 음의 높이를 표현할 수 있다는 뜻 아닙니까? 중국 악보에서 음의 길이만을 기록했던 이유는 바로 부피를 고려하지 않았던 것입니다."

이번에는 다 같이 '그', '드' 소리를 내어 봤다. 이수도 글자 ㄱ와

ㄷ의 공간 부피를 그렸다.

세종은 묵묵히 입안에서 'ㄱ'과 'ㄷ'의 위치를 확인했다.

"조음위치를 비교한다면 ㄱ은 윗어금니, ㄷ은 센입천장(경구개)으로 ㄱ이 ㄷ보다 성대에 가까워 원래는 더 높은 음을 내야 한다. 그러나 ㄱ은 혀의 가장자리가 윗어금니를 누르고 있지만 입안에 공간이 열려 있어 소리가 윗잇몸까지 뻗어 나간다. 반면, ㄷ은 혀끝이 누르는 센입천장에서 소리가 끝난다. 그래서 입안의 부피를 비교하면 ㄱ이 ㄷ보다 넓어 ㄱ이 ㄷ보다 음이 낮다. 따라서 서로의 음계 위치가 바뀌어야 한다."

마침내 세종은 그동안 그렇게 찾아다니던 오음을 정리할 수 있었다.

"오음은 조음위치와는 다르게 ㅂ, ㅈ, ㄱ, ㄷ, ㅎ이 된다."

음운에 밝은 윤나강이 의심의 눈초리를 보였다.

"전하! 그러하다면 ㄷ과 ㅎ의 간격이 너무 벌어지지 않겠습니까?"

모두 어리둥절해하는 사이 세종만은 여유가 있었다.

"소리를 내는 위치가 입안으로 들어갈수록 혀뿌리가 위로 올라가서 조음 간격에 비해 입안 공간은 좁다. 그리고 목구멍소리 ㅎ의 위치는 여린입천장이 아니더냐! 센입천장을 누르는 ㄷ과 멀지 않다."

양염도 입안 깊숙이 혀의 위치를 따져 봤다.

"입안의 부피를 따지니 ㄷ과 ㅎ의 간격이 하나의 음처럼 소리가 조화롭게 들립니다! 브, 즈, 그, 드, 흐. 정확하게 궁상각치우 순서에 들어맞습니다."

기본자음 'ㅂ, ㅈ, ㄱ, ㄷ, ㅎ'이 궁상각치우 음계 순서에 정확히 맞아야만 사람의 발성기관을 악기로 표현할 수 있다. 이는 절대음감인 사람만이 가능하다.

세종이 누구인가?

반음의 십분의 일도 구분하는 절대음감 아닌가!

'궁상각치우는 훈민정음을 만든 사람이 누구인지를 알 수 있는 단서이다.'

며칠 후, 경복궁 사정전

세종은 밤낮으로 자음 정리에 박차를 가하고 있었다. 새로운 문자가 기존의 음운체계와 맞는지 확인하느라 여념이 없었다.

윤나강이 정중하게 아뢰었다.

"전하! 새로운 문자가 언어의 음운체계에 맞아야 다른 나라의 말을 쉽게 표현할 수 있습니다. 바로 사성칠음四聲七音을 갖추어야 합니다."

강원은 기억을 끄집어냈다.

"칠음은 오음五音과 이변二變을 합친 것을 말하며, 이변은 변치變徵와 변궁變宮으로 오음 사이를 보조합니다."

윤나강이 글자의 순서들을 계속 정리해 나갔다.

"율려신서에서는 칠음의 순서를 궁, 상, 각, 변치, 치, 우, 변궁이라 하였습니다."

세종은 무거운 표정으로 말을 꺼냈다.

"이변의 위치도 문제이다! 특히 변궁의 위치 말이다. 어떻게 목구멍소리 위치인 우雨 음보다 더 입안 안쪽에서 음을 잡을 수 있단 말이냐?"

세자가 화들짝 놀랐다.

"율려신서에서 언급한 칠음은 중국 아악의 기준입니다."

세종은 단호하게 말을 잘랐다.

"그래서 율려신서는 형식만 갖추었다고 하는 것이다. 중국의 아악으로는 도저히 발성기관에 맞는 칠음을 맞출 수 없다."

윤나강도 언뜻 이해되지 않아 뭐라 말할 수가 없었다.

"하지만 음운체계에서 칠음을 올바르게 잡지 못하면 글자는 바로 서지 않습니다."

세종이 입안에서 음계에 맞는 칠음의 위치와 모양을 찾는 데 그토록 심혈을 기울인 이유이다.

'칠음은 글자의 어미이다'

순간 한 생각이 세종의 뇌리를 스치고 지나갔다.

"통지에 칠음의 운韻은 서역西域으로부터 생겨나 모든 나라로 유입되었다고 하지 않았느냐?"

윤나강도 서양 악보에서 봤던 음계와 비교했다.

"맞습니다! 율려신서의 이변이 서양 음계인 파와 시의 위치와 같습니다."

강원이 갑자기 손뼉을 쳤다.

"궁상각치우와 서양 음계는 단지 악기를 만들 때 음의 간격을 확인하는 것이지 전하처럼 사람의 발성기관을 고려해 만든 것은 아니지 않습니까?"

모두 말없이 서로 쳐다보기만 했다. 세종은 침묵을 깨고 왕여와 양염에게 지시했다.

"발성기관에 맞는 칠음을 찾으면 그만이다. 기존 이변의 위치는 상관치 말고, 오로지 입안에서 ㅂ, ㅈ, ㄱ, ㄷ, ㅎ 사이에 음을 보조할 수 있는 공간을 찾아보거라!"

세자는 경연에서 논했던 조음방법을 떠올렸다.

"입안의 공간을 조절할 수 있는 것은 입술과 혀뿐입니다. 특히 조음을 일으키는 혀의 위치를 살펴보면 되겠습니다."

왕여가 한참을 소리 내어 입안의 공간을 확인했다.

"ㅈ의 소리를 낼 때는 혀끝이 아랫잇몸에 있고, ㄱ의 소리를 낼 때는 혀끝이 윗잇몸에 있습니다. 따라서 혀끝을 그 중간에 위치시켜 음을 보조할 수 있습니다."

세종도 왕여의 의견에 찬성했다.

"이수는 혀끝이 위아래 치아 가운데에 있는 모양을 그려 보거라!"

이수는 혀끝의 위치를 머릿속에 그리면서 그림을 그렸다.

"혀끝을 양 치아 사이에 놓으면 ㅅ에 획이 붙어 거꾸로 뒤집힌 삼각형(△)이 됩니다."

세종은 이번에는 윤나강을 바라봤다.

"그렇다면 오음 중에서 어디에 속하느냐?"

윤나강이 오음의 위치를 확인했다.

"잇소리는 상商 음이므로 변상變商에 해당됩니다."

"잇소리이니 반시옷(△)이라 부르면 되겠다."

양염은 자신의 차례를 기다리고 있었다.

"센입천장과 여린입천장 사이인 ㄷ와 ㆆ 중간에 혀끝을 배치할 수 있습니다."

이변 중 하나는 양염과 마찬가지로 세종 또한 이미 생각해 둔 위치였다.

"이수는 혀끝을 ㄷ과 ㆆ의 중간 위치로 옮겼을 때 혀의 모양을 그려 보거라!"

이수는 혀를 움직이면서 최대한 그 모양을 그렸다.

"혀가 두 번 접어지는 것이 마치 뱀의 머리가 서 있는 것 같습니다."

윤나강도 이수의 표현이 절묘하여 웃음이 났다.

"ㄷ은 치徵 음에 해당되는 혓소리입니다. 따라서 ㄹ은 변치變徵가

됩니다."

"혓소리이니 ㄹ은 반설음이 되겠다!"

세종은 이변인 반혓소리 'ㄹ'과 반잇소리 'ㅿ'도 발성기관인 혀와 치아의 모양을 본뜨고 정확히 획을 더해 만들었다.

윤나강이 궁상각치우와 이변을 정리했다.

"칠음의 순서는 궁, 상, 변상, 각, 치, 변치, 우가 됩니다. 즉 ㅂ, ㅈ, ㅿ, ㄱ, ㄷ, ㄹ, ㅎ입니다."

드디어 입안에 맞춘 조선의 기본자음인 칠음이 바로 서는 순간이었다.

세종은 잠시 감정을 추스르고 윤나강을 응시했다.

"자! 다음은 기본자음에서 자음들이 파생되는 조음 방식을 살펴보자!"

윤나강은 칠음이 풀리자 다시 힘이 났다.

"자음의 유일한 조음 방식은 입술이나 혀로 구강의 조음위치를 누르는 것입니다. 약하게 누르면 맑은 소리 청淸, 세게 누르면 마찰이 심해 탁한 소리 탁濁으로 구분됩니다. 이것이 소리의 청탁입니다."

양염이 혀를 누르면서 입안의 부피를 비교했다.

"혀를 누르는 정도에 따라 혓바닥의 높이가 바뀌어 입안의 부피도 달라집니다."

글자들을 열심히 발음하느라 세자의 잘생긴 얼굴이 종이처럼 구겨지는 것을 보고 모두 한바탕 웃었다. 이들의 웃는 모습이 그대로 새로운 글자에 번지고 있었다.

세종은 자신을 대신해 업무를 보느라 자리를 비웠던 세자에게 기본 자음에서 소리의 청탁으로 다른 자음들이 만들어지는 원리를 설명해 주었다.

"느!"

세종은 혓소리인 'ㄴ'을 설명하기 위해 혀끝을 입천장에 가볍게 갖다 대고 소리를 냈다.

"혓소리 ㄴ은 단지 혀끝이 위로 구부러진 모양이다. 소리의 청탁으로 표현하면 조음의 마찰이 적어 소리가 약하게 난다. 그래서 비강으로 소리가 나는데, 맑지도 탁하지도 않은 소리인 불청불탁不淸不濁이 된다."

"드!"

세종은 혀를 구부리고 센입천장을 누르며 소리를 냈다.

"ㄷ은 혀끝이 센입천장에 닿은 모양으로 실질적인 음의 값을 갖는다. 음이 다소 높아지는데 소리의 청탁으로는 모두 맑은 소리인 전청全淸이 된다."

"트!"

세종은 혀의 모양을 유심히 살폈다.

"혀끝으로 센입천장을 ㄷ보다 2분의 1배 더 누르면 혓바닥이 입천장에 더 가까워진 ㅌ 모양이 된다. 이때 입안의 부피는 사분의 일이 줄어들어 음은 ㄷ보다 반이 더 높아진다. 소리의 청탁으로는 다음 맑은 소리인 차청次淸이 된다."

"뜨!"
세종의 설명은 마지막까지 계속되었다.
"혀끝으로 센입천장을 ㄷ보다 한 배倍 더 누르면 입안의 부피는 ㄷ보다 반으로 줄어들고, 음은 ㄷ보다 배로 높아진다. 그때 글자의 모양은 ㄸ이다. 소리의 청탁은 모두 탁한 소리인 전탁全濁이 된다."

세종은 소리를 내면서 가장 비슷하고 간단한 모양을 찾아내느라 혀가 부을 정도였다.
세자가 신기한 듯 말했다.
"글자 하나하나가 정확히 혀의 모양을 닮았습니다. 그리고 같은 조음위치에서 누르는 강도에 따라 음이 더 높아집니다. 마치 획劃을 추가하는 현악기 부호와 같습니다."
이와 같이 가획의 원리와 조음 방식을 통해 나머지 기본자음들도 만들어졌다.

'자음은 조음위치를 누르는 압력에 의해 가획加劃된다!'

언어에 밝은 윤나강도 놀라움의 연속이었다.

"칠음과 소리의 청탁으로 모든 자음을 갖추었습니다. 단지 조음위치를 누르는 압력만으로 완성하였습니다."

윤나강은 말을 더 이상 잇지 못했다. 수많은 문자 중에 이토록 간단한 방법으로 이렇게 뛰어난 글자를 만들 수 있다는 게 보고도 믿기지 않았다.

세종은 흐뭇했다.

"백성들이 이 자음의 모양을 그대로 따라 하기만 하면 된다. 짐이 친절하게 그 모양을 그렸다, 아! 그림은 이수가 그렸군! 허, 허, 허."

이때 왕여가 궁금해서 물었다.

"그렇다면 자음의 수와 거문고 괘의 수가 17개로 같음이 우연이 아니라는 말씀이십니까?"

세종은 거문고가 입안에서 한바탕 중후한 곡조를 연주하는 것 같았다.

"왕산악을 만나면 직접 물어보고 싶네."

한편, 대령숙수待令熟手 김영원이 세종의 수라상 준비를 아뢰었다. 거의 이십 년간 세종의 수라를 책임지고 있는 김영원의 요리 실력은 가히 일품이었다.

뒤늦게 알아차린 세종이 김영원에게 농을 던졌다.

"짐이 고기를 멈출 수 없는 이유는 대령숙수의 요리 실력 때문이오. 손이 자꾸 가니 몸이 부풀어 가는 듯하오."

김영원이 조용히 웃어 보이자 세종이 김영원을 지긋이 쳐다봤다.

"하, 하, 하! 농담이오. 대령숙수의 요리는 짐의 영혼을 편하게 해 주는구려. 나도 백성들을 편하게 하는 문자를 꼭 만들겠소!"

九 조선의 가운뎃소리

1442년 겨울, 창덕궁

궁궐 마당에 하얀 눈이 내리고 있었다. 얼마나 고르게 내렸는지 땅은 깨끗한 백지 같았다. 궁궐 안에서 소리가 새어 나올 때마다 백지 위에는 조선의 글자가 새겨졌다. 눈들도 최대한 방해가 되지 않게 소리 없이 숨죽이며 내렸다.

'ㅂ', 'ㅈ', 'ㄱ', 'ㄷ', 'ㅎ'

세종은 조선의 글자를 만들면서 모음에 대해 의문을 많이 가졌다.
"중국의 한자음에서 소리를 울릴 수 있는 것은 사성四聲인 성조(말의 높낮이)뿐이다. 글자 자체에서 모음을 따로 구분하지 않았다."
강원이 크게 동조했다.

"그래서 한자음을 자음子音이라 표현한다고 들었습니다."

정의공주도 똑 부러지게 대답했다.

"중국에서 시나 노래를 만들 때 최대한 운을 맞추기 위해 만들어진 것이 반절법反切法입니다. 이는 모음이 따로 없는 이분법의 형태를 취합니다."

세종이 잠 못 이루면서 고민하던 문제였다.

"중국어, 범어 그리고 라틴어가 변화무쌍한 만물의 소리를 담지 못하는 이유는 모음에 있다."

정의공주의 음운 실력이 어느새 아버지 세종을 닮아 있었다.

"모음母音을 소리의 어미라고 하듯이 소리를 낳는 것은 모음입니다."

강원이 너무 진지한 분위기에 화제를 돌렸다.

"아이고! 소리를 낳는 모음이 있다는 얘기는 들어본 적이 없습니다."

세자는 세종이 꿈꾸는 글자를 생각하니 가슴이 벅찼다.

"어찌하든 전하께서 만드시는 글자는 다르지 않습니까?"

강원도 그 글자가 궁금하기는 세자와 마찬가지였다.

"어떻게 그러한 모음을 만든단 말입니까?"

세종은 무언가 기다리고 있었다.

"먼저 확인할 게 있다."

이때 윤나강이 책을 들고 부랴부랴 궁궐로 들어섰다. 차분한 윤나강은 몹시 흥분된 상태였다.

"전하! 악기 고서古書에서 새로운 거문고 부호를 찾아냈습니다."

※

문현, 유현, 대현, 세 개의 현을 뜯으면
술대가 괘상청에 가서 그치는데 그것을 'ㅣ'로 표시하고,
또 괘상청, 괘하청의 현을 뜯으면 술대가 무현에 가서 그치고
'ㅡ'로 표시하며, 다만 술대로 한 현만을 뜯거나 걸면
'•'로 표시한다

왕산악의 4현 17괘 거문고는 훗날 6현 16괘로 개조되었다. 새로 만들어진 거문고의 형태는 대현 아래에 있는 괘에 괘상청이 걸쳐지고, 안족에는 괘하청이 걸린 구조였다.

세종도 흥분이 쉽게 가라앉지 않았다.

"역시 있었군! 현이 울리는 위치를 점(•)으로 표시하고, 현을 위에서 아래 방향으로 울린다. 그때 현이 울리는 구간을 'ㅣ'와 'ㅡ'로 구분하였다!"

정의공주도 너무 놀랐다.

"가야금의 오른손 주법도 비슷합니다. 현을 튕기는 표시는 'ㅇ', 현을 안에서 바깥으로 밀 때는 'ㅡ', 현을 바깥에서 안쪽으로 밀 때는 'ㅣ'라는 부호를 사용합니다."

세종의 예감이 적중했다.

"거문고의 괘나 안족이 사람의 구강과 비강이라면 현을 울리는 오른손 주법이 입속에서 소리를 울리는 모음을 표현할 수 있을 것이라 여겼다."

드디어 사람의 말소리를 글자로 완성할 모음의 모양을 찾았다.

' 모음은 소리가 울리는 위치이다 '

세종은 이제야 안도의 한숨을 쉬었다.

"모음도 자음처럼 발성기관의 모양을 본떠서 표현할 수 있겠다. 성대가 울리는 위치는 아래아(•)로 표시하며 그 위치는 성대의 직선상 위인 여린입천장(연구개) 부분이다. 인두가 위로 곧게 선 모양을 'ㅣ', 구강이 옆으로 평평한 모양을 'ㅡ'로 표시하면 된다. •, ㅣ, ㅡ, 세 개의 모음이 소리를 낳는 기본모음이 된다."

안평대군은 놀라면서도 걱정되었다.

"신하들이 모음을 보면 몸을 해부했다는 사실을 눈치챌까 염려됩니다."

세종은 안평대군에게 웃어 보였다.

"걱정 말거라! 다 준비해 뒀다. 조만간 좋은 소식이 올 것이다."

안평대군은 세종이 무언가를 기다리는 것처럼 종종 곽신에게 이순지와 정인지의 소식을 물었던 기억이 떠올랐다.

강원은 도저히 궁금해 참을 수 없었다.

"그렇게 하여도 모음의 수가 세 개에 불과합니다. 라틴어나 범어보다도 적습니다."

"기본모음을 합습한다!"

"합이요?"

모두 어리둥절한 얼굴이었다. 그러나 그 여운은 길었다.

"거문고도 오른손의 기본 주법들을 합쳐서 연주하지 않느냐? 모음도 기본모음을 합쳐서 표현할 수 있네!"

' 모음은 결합이다 '

세종은 거문고와 입안에서 소리가 울리는 위치에 집중했다.

"거문고의 어느 현이 울리느냐에 따라 소리가 다르듯이 입안에서 소리가 울리는 위치에 따라 모음을 구분하면 된다."

세종은 이수에게 사람의 입속에서 소리가 울리는 점의 위치를 그리게 했다.

세종이 'ㅗ'를 길게 소리 내었다.

"ㅗ는 구강인 ㅡ보다 소리가 위에서 울리며, ㅜ는 구강인 ㅡ보다 소리가 아래에서 울린다는 표시이다."

이에 세자가 말을 이어받았다.

"ㅓ는 인두인 ㅣ보다 소리가 앞에서 울리며, ㅏ는 인두인 ㅣ보다 소리가 뒤에서 납니다. 전하! 소리가 울리는 위치를 쉽게 알 수 있습니다."

다시 세종이 시범을 보였다.

"ㅛ는 ㅗ가 울리는 위치에서 인두(ㅣ)의 윗부분만 울리며, ㅠ는 ㅜ가 울리는 위치에서 인두의 아랫부분만 울리라는 표현이다. 아래아(•)가 두 개 붙어 있는 모음은 소리가 지나가는 인두를 꼭 고려해야 한다."

다음은 정의공주가 읊었다.

"ㅕ는 ㅓ의 위치에서 인두를 앞으로 밀면서 소리 내며, ㅑ는 ㅏ의 위치에서 인두를 뒤로 당기면서 소리를 내면 됩니다. 세상의 울림을 모두 표현할 수 있겠습니다."

'ㅑ, ㅕ, ㅛ, ㅠ' 소리는 'ㅏ, ㅓ, ㅗ, ㅜ'와 같되 'ㅣ'에서 일어난다起

조용한 이수도 가만히 있을 수 없었다.

"마치 소리가 파도처럼 입안에서 밖으로 퍼져 나가는 것 같습니다."

강원도 목소리를 바꿔 가면서 최대한 정확하게 입의 모양을 만들어 보았다.

"ㅖ는 ㅕ의 위치에서 인두인 ㅣ 소리를 전부 내면 됩니다. 모든 모음의 변형이 가능합니다."

안평대군도 한참 입안에서 모음의 소리를 바꾸어 보았다.

"나는 구강보다 위이면서 인두보다 뒤에서 소리를 내면 될 듯합니다."

세종이 흐뭇하게 쳐다봤다.

"그렇지! 두 개의 아래아(•)가 떨어져 있는 모음은 두 개의 아래아(•) 위치를 함께 고려한다."

세종은 모음이 완성되는 것을 보면서 감회가 새로웠다.

"입안에서 모음의 원리를 깨달았을 때 명창이 된 기분이었다. 하하!"

'점(•)이 이동한다!'

순간 세종은 조선의 밤하늘에 하얀 점의 조선 글자를 새겨 보았다. 일곱 개의 자음은 북두칠성 별자리가 되고, 모음은 북극성 주변을 감싸는 은하수의 별이 되어 빛났다.

세자의 얼굴도 한껏 고무됐다.

"아바마마의 깊은 뜻을 백성들이 안다면 새로운 글자라도 한나절이면 충분히 깨우칠 수 있겠습니다. 하지만 거문고 연주법을 알아야 하듯이 음악을 안다면 더 이해가 쉬울 듯합니다."

세종도 늘 생각하던 바였다.

"내 그래서 백성들이 이 글자를 가사로 부를 수 있는 노래를 만들 것이다. 매일 노래처럼 글자를 갖고 논다면 이해가 빠르지 않겠느냐?

신라의 향찰처럼 말이다."

세자를 비롯한 모두가 백성을 사랑하는 왕의 마음에 감복했다.

"백성을 위한 글자를 만들겠다고 말씀하신 지 언 십오 년이 지났습니다."

세종도 그렇게 바라던 조선 글자의 밑바탕을 완성하게 되어 감회가 남달랐다.

"이제는 지방에서 사용하는 사투리와 한자음을 비롯해 다른 나라의 말을 표기할 수 있는지 확인하는 길만 남았다."

'이제 앞으로 닥쳐올 모든 시련에 피하지 않겠다.' 세종은 자신의 머리카락처럼 하얀 눈이 내린 궁궐을 바라보며 다짐했다.

어느새 하얀 눈에 세종의 눈빛이 반짝였다. 세자도 아버지를 보면서 두 주먹을 불끈 쥐었다. 세종과 세자의 당당한 모습은 마치 하얀 궁궐 마당에 새겨진 조선의 검은 글자를 지키기 위해 우뚝 선 수호신 같았다.

이때 궁궐 안으로 이순지가 급하게 들어섰다.

"전하! 조선의 달력을 완성할 단서를 찾았습니다."

이순지의 떨리는 소리가 들려왔다.

"틀림없이 정묘년(1447년) 음력 8월 1일 신정 3각 50초에 일식이 일어날 것입니다."

세종은 이순지의 손을 꼭 잡고는 놓지 않았다.

'이제 때가 왔도다!'

이어서 윤나강, 이수, 왕여, 양염을 불러 세웠다.
"너희들의 임무는 여기까지이다. 새로운 글자를 만드는 데 너희가 도왔다는 사실을 다른 신하들이 눈치챘다면 너희들은 무사하지 못할 것이다. 물론, 세자와 정의공주 그리고 안평대군은 왕족이니 피해 갈 수 있을 것이다."
세종은 엄하고 차갑게 몰아쳤다.
"지금 길로 당장 조선을 떠나거라! 그리고 다시는 돌아오지 마라!"
갑자기 엄한 세종의 호령에 윤나강과 이수 그리고 양염은 눈물을 머금고 마지막 인사를 올렸다. 하지만 왕여는 무릎을 꿇고 세종에게 간청했다.
"소신은 전하의 부름이 없었다면 이미 사라진 목숨입니다. 미미하나 고려역사를 편찬하는 데 보탬이 됐으면 합니다. 저를 불당으로 보내 주십시오!"
세종은 기꺼이 허락했다. 모두 물러나고 홀로 남은 세자가 걱정스러운 눈초리로 세종에게 물었다.
"이제는 어떻게 하시렵니까?"
세종의 눈빛에서 강한 의지를 느낄 수 있었다.
"이제 신미대사를 필두로 불교가 나설 차례이다. 새로운 조선 문자의 운명은 이들 손에 달려있다."

세종은 언제나 큰일을 앞두고 김영원을 불렀다.

"대령숙수! 오늘 솜씨를 발휘해 주시게!"

세종이 특별히 요리를 주문하자 김영원도 큰일을 앞두고 있음을 예상했다.

"명나라 황제가 즐겨 먹는 만한전석滿漢全席을 준비합니까?"

세종은 김영원의 마음을 알고 웃어 보였다.

"아니오! 짐은 조선의 왕이요! 조선에서 난 배추로 잘 절인 김치에 통삼겹살이면 충분하오! 하, 하, 하."

궁궐 안 하얀 지붕 처마에 자리 잡은 커다란 고드름이 반짝이다 땅을 향해 날카롭게 떨어졌다.

十 흑룡

가운뎃소리

1443년 1월 오후, 간의대

세종은 경복궁 경회루 북쪽에 세워진 간의대를 더 크고 화려하게 꾸미라고 명했다. 장영실과 이천이 혼천의를 개량하여 제작한 간의는 푸른 색깔 용들이 신비로운 모습으로 떠받치고 있었다. 특히 일성정시의에 새겨진 검은 용은 금방이라도 하늘의 별자리로 향할 기세였다.

그간 세종의 업적들이 명나라에 알려지면서 천문학에 관련된 모든 업무는 금지되었다. 명나라 황제가 세종을 압박한 것이다.

"대호군 장영실에게 가마 사건의 책임을 물어 의금부에서 국문으로 파직시키라는 명나라 황제의 분부입니다."

명나라의 견제는 여기서 끝나지 않았다.

"전하 옆에서 헛된 조선을 부추기는 성균관 유생 강원을 엄히 다스려 탐라로 유배 보내라는 어명입니다."

세종은 아끼던 신하들을 잃었다. 그러나 세종을 비롯한 장영실과 강원은 이런 일을 예상한 것처럼 웃음으로 마지막 인사를 대신했다.

해가 중천에 떠 있는 오후 신하들의 웅성거리는 소리가 들렸다.

"전하께서 이런 대낮에 조선의 문신과 무신들 그리고 명나라의 사신들까지 모두 간의대 앞으로 모이게 한 적은 없었습니다. 무슨 연유인지 통 모르겠습니다."

오후였지만 차가운 기운이 맴돌았다.

세종이 자리에 앉자마자 명나라 사신 염표가 나서서 왕을 날카롭게 몰아세웠다. 이미 명남과 이도신이 고자질을 한 것이었다.

"신하의 나라 조선이 황제의 나라 명나라 눈에 거슬리게 하는 행동은 용납할 수 없습니다. 명나라 황제의 명입니다!"

말이 어눌한 염표의 입에서 명나라 황제라는 단어가 나올 때마다 명남과 이도신은 연신 허리를 숙였다.

명남이 염표 편을 들었다.

"천문학은 황제의 권한입니다. 황종율관과 음악 또한 신하의 나라인 조선이 감히 다룰 수 있는 일이 아닙니다."

이도신의 염소수염이 요란하게 흔들렸다.

"용의 형상도 마찬가지입니다. 어찌 함부로 명나라 황제를 흉내 낸단 말입니까?"

세종을 능멸하는 염표와 명남 일당의 말에 김종서 휘하 부관 강재혁이 화를 내며 일침을 가했다.

"너희들도 조선 사람인데 어찌 그따위로 지껄이느냐?"

"무엄하다! 강재혁 부관을 당장 포박하라!"

김종서는 염표를 보면서 양해를 구했다. 세종이 더 난처해지기 전에 김종서가 먼저 나선 것이다. 흥분한 강재혁은 김종서의 갑작스러운 호통이 있고 나서야 한발 물러섰다.

"무례한 행동을 용서해 주십시오! 엄히 다스리겠습니다."

병사들이 강재혁을 끌고 나가자 겁먹었던 염표와 명남과 이도신 일행은 의기양양하게 다시 어깨를 으쓱거렸다. 간사한 그들의 가는 눈이 다시 세종을 향했다.

"김종서 장군 때문에 이번만은 넘어갑니다."

한참 동안의 소란에도 표정에 변화가 없던 세종이 가볍게 웃어 보였다.

"이 간의대가 경회루에 세워져 있어 명나라 사신들이 보는 것이 불가하다는 신하들의 간언이 있어 내 본래부터 없애려 하였소!"

세종은 자리에서 벌떡 일어나더니 부장 김우에게 큰소리로 명했다.

"간의대와 천문기기들을 부수거라! 조선의 천문을 모조리 부수거라!"

평소 목소리를 높이지 않는 세종의 모습을 기억하는 신하들이 어리둥절해했다.

"매일 밤 이순지와 장영실을 불러 천문을 관측하는 게 큰 낙이던 전하가 아닌가?"

세종은 자기 귀를 의심하느라 머뭇거리는 김우에게 벼락같이 다시 고함을 쳤다.

"당장 부수거라!"

세종의 얼굴은 입고 있는 곤룡포보다 더 빨개졌다.

"용의 형상도 모두 없애거라! 신하의 나라인 조선이 어찌 감히 이러한 흉내를 낸단 말이야!"

어떠한 일이 있어도 화를 내지 않던 세종의 모습이 마치 왕자의 난 때 형제와 외척 원경왕후의 동생들을 모조리 죽인 아버지 태종의 모습을 하고 있었다. 명나라 사신들마저도 숨죽였다. 무관 중에서도 장사에 속하는 김우는 힘겹게 큰 철퇴를 들고 간의대와 일성정시의가 있는 쪽으로 걸어가 천문기기를 부수기 시작했다.

"쿵~ 꽝!"

그 광경을 지켜보던 이순지, 정인지, 집현전 천문학자들은 눈을 감고 가만히 있었다. 그러나 눈에서 흘러내리는 눈물은 막을 수가 없었다. 비통했다.

조선의 하늘이 둘로 갈라졌다. 순간 해가 사라지고 한 치 앞도 볼 수 없는 짙은 어둠이 조선을 삼켰다. 잠시 후 조선의 하늘이 다시 하얗게 변했다. 완전히 지워졌다.

간의대가 모습을 감추며 한참 연기가 날린 후 조선의 하늘을 다시 볼 수 있었다. 세종은 오히려 차분했다.

"명나라 황제에게 전하시오. 조선의 천문은 없소! 단지 명나라의 천문을 흉내 내보았던 것뿐이오!"

그러나 염표의 음흉한 웃음은 그치지 않았다. 믿지 않는 투로 말을 이었다.

"아직 명나라 황제의 노여움을 풀기에는 부족합니다."

염표가 이도신에게 신호를 보내자 미리 숨겨 둔 부하들이 편경과 황종율관을 들고 나타났다. 세종은 그들의 뜻을 알아차렸다.

조선의 천문을 만든 황종율관, 조선의 소리를 담은 편경이 슬픔에 울부짖고 있었다. 세종은 정신을 바짝 차리고 떨리는 목소리로 명을 내렸다.

"부장 김우는 편경과 황종율관을 부숴라!"

김우는 세종이 얼마나 음악을 아끼는지를 알기에 이번에는 섣불리 움직일 수 없었다.

"전하! 황종율관만은……"

그러자 염표에게 잘 보이고 싶던 이도신이 김우가 들고 있던 철퇴를 재빠르게 가로채고는 부수기 시작했다.

"쨍~쩍!"

조선의 황종율관과 편경이 산산조각이 났다.

조선의 소리가 사라진 것이다. 한참 동안 조선에서 어떤 소리도 들리지 않았다. 먹먹했다. 중국의 아악을 고집하던 박연마저 고개를 떨군 채 흐느끼고 있었다. 그 충격은 컸다. 마치 조선의 소리가 깊은 바다에 침몰한 듯 멍한 침묵이 오랫동안 이어졌다.

'우~웅!'

세종의 목소리는 얼음같이 차가웠다. 얼굴에는 어떠한 미동도 없었다.

"명나라 황제에게 전하시오. 이제 조선의 음악은 없소. 단지 명나라에서 내려 준 아악만이 있을 뿐이오"

아직도 염표는 의심의 눈초리를 거두지 않았다.

"한자가 아닌 조선만의 글자를 만든다는 얘기가 있습니다."

세종이 갑자기 돌변하여 "하하하." 하고 크게 웃었다.

"아, 명나라 태조께서 홍무정운을 편찬하셨으니 신하인 도리로 중국과 소통하기 위해 조선의 옛 한자음을 복원해야 하지 않겠소. 내 이름도 홍무정운을 따라 동국정운이라 이미 정하였소. 너무 염려치 마시오!"

세종은 신숙주를 불렀다.

"홍무정운의 한자음을 정확히 익히고 있느냐?"

신숙주는 간결하게 대답했다.

"예, 전하! 중국의 옛 한자음을 충실히 따르고 있습니다."

염표는 간의대가 무너지고 글자에 대한 해명까지 들은 후에야 목소리가 부드러워졌다.

"명나라로 돌아가 황제께 잘 얘기해 보겠습니다. 어험! 그런데 대제학 나리, 준비는 다 되었소?"

"궁궐 밖에 이미 준비해 두었습니다."

정인지는 염표의 관심을 다른 데로 돌리기 위해 어마한 양의 은과 조선의 특산물인 인삼을 미리 준비시켰다. 명남은 성에 안 찼는지 염표를 자극했다.

"나리! 한자음을 표기하기 위해서 새로운 문자를 만든다는 것은 거짓말입니다."

염표는 이미 뇌물에 눈이 멀어 있었다.

"천문기구와 음악도 모두 없앴다. 문자는 홍무정운을 따르려 한다고 하지 않느냐! 귀찮다! 나머지는 조선에 있는 너희들이 알아서 하거라!"

뇌물에 만족한 염표는 황제에게 조선의 문자를 문제삼지 않도록 아뢰었다. 탐욕스러운 염표 덕분에 명의 의심을 피할 수 있었다.

1443년 12월, 집현전

세종은 집현전 학자들을 모이게 했다. 이번에는 성삼문, 박팽년 등 젊은 집현전 학자들도 불렀다. 세종은 태종이 왕자의 난 때 입었던 흑룡포를 입고 자리에 앉았다. 흑룡포 안의 검은 용은 새까만 눈빛으로 신하들을 노려보고 있었다. 세종이 흑룡포를 입었다는 것은 굳은 결심의 표현이다.

신하들은 모인 이유를 몰라 서로 얼굴만 쳐다보고 있었다.

세종은 어느 때보다 차분했다.

"한자음의 음가音價를 정확히 밝히기 위해 새로운 문자가 필요하오!"

문자라는 말에 다시 친명파 신하들이 서로 얼굴을 보면서 강력한 반대 의지를 불태웠다. 이도신이 항소했다.

"한자음을 따른 이두 문자만을 허용한다고 염표 나리께서 말씀하지 않았습니까?"

명나라는 한자의 음을 빌려 사용하는 이두만큼은 조선에서 사용을 허용했다. 조선의 왕인 자신보다 명나라의 환관 염표를 더 두둔하는 이도신의 도발에도 세종은 평정심을 유지했다.

"이두를 만든 뜻은 백성을 편하게 하고자 함이다. 조선의 문자도 마찬가지이다. 너희가 이두는 옳다 하고, 짐이 만든 문자는 옳지 않다고 하니 어찌 된 일이냐? 너희들이 사성칠음에 자모字母가 몇인지 아느냐?"

정인지가 세종을 거들며 나섰다.

"이두는 한자를 알아야 하오. 그렇다면 백성들이 먼저 한자음을 알 수 있도록 글자가 필요하다는 것이네."

명남이 반대에 합세했다.

"백성들이 농사짓기도 바쁜데 글자가 왜 필요합니까? 그리고 백성들의 천성이 문자를 익히는 데 소질이 없습니다!"

세종은 명나라의 꼭두각시 역할을 하는 명남이 괘씸했다. 하지만 다시 냉정함을 유지했다.

　"농사를 지으려면 글을 알아야 한다. 밭에 뿌릴 비료 만드는 법도 관리들이 매번 말해주는 데 한계가 있다. 자네 논밭의 수확량도 늘 것이네!"

　간의대를 부수고 글자에 대한 해명으로 잠시 명나라 사신의 의심을 불식시켰으나 문자는 결이 다른 문제였다. 명남도 단호한 태도를 보였다.

　"글자는 사대부의 전유물입니다. 그리고 백성이 글자를 익히면 골치가 아픕니다."

　세종은 여전히 웃음을 잃지 않았다.

　"백성들이 글자를 알아야 무슨 말인지를 알고 잘 따를 것이 아닌가? 그리고 백성들은 무례하니 삼강행실도를 가르치면 더 온순해져 관리하기가 편할 것이네."

　예전 자신의 신분을 망각한 지 오래인 이도신이 나댔다.

　"백성들이 무식해서 곤란한 경우가 많기는 합니다."

　새로운 문자는 신분제도의 근간을 흔들 수 있었다. 세종도 명나라보다 조선 사대부들의 반대가 극심할 것을 알았다.

　"그래서 백성들이 배워야 한다는 것이 아닌가?"

　명남이 화들짝 놀라서 따지기 시작했다.

　"그래도 가당치 않습니다. 선대 임금들은 지성으로 큰 나라를 섬겨

왔는데 조선의 글자를 가르치는 것은 명나라를 섬기고 따르는 일에 부끄러운 일입니다."

세종은 또다시 사대주의를 주장하는 명남을 쳐다보지 않고 말을 흘렸다.

"이 언문은 단지 한자를 보조하는 조선의 글자일 뿐이다. 부교리 신숙주는 어디에 있느냐?"

신숙주는 집현전에서도 수재였다. 그는 범어와 한자음에도 능통했다. 황급히 신숙주가 앞으로 나섰다.

"요동에 명나라의 한림학사 황찬이 유배를 와 있다고 들었다. 당장 황찬을 만나 홍무정운을 배워 오거라! 당장 요동으로 떠나라!"

세종은 단호히 명을 내렸다. 이에 신숙주는 옆에 있던 성삼문과 함께 인사를 올리고 나갔다.

거듭 최만리가 만류했다. 그대로 수그러들 기세가 아니었다.

"오랑캐들만이 자신의 글자를 사용한다고 합니다. 통촉하여 주십시오!"

세종은 오랑캐라는 말에 오른손이 부들부들 떨렸다. 왼손으로 오른손을 부여잡고 화를 참았다.

"백성들을 위한 일을 오랑캐와 비교하는 거요?"

세종은 최대한 화를 눌렀다.

"짐이 분명 한자음을 표기할 동국정운을 먼저 만든다고 하였소! 더 이상 논하는 사람은 엄히 다룰 것이오!"

세종은 젊은 집현전 학자들에게 글자가 적힌 종이를 전하면서 명을 하달했다.

"이 언문의 기본글자를 적어 두었다. 이 글자들 옆에 예를 든 설명을 달도록 하라!"

그리고 하염없이 시선을 밑에 두던 정인지를 불렀다.

"대제학께서 젊은 집현전 학자들을 이끌어 주시오!"

정인지는 정중하게 인사를 올리면서 명을 받들었다.

세종이 새로운 문자를 만든다는 소식에 전국 유생들을 비롯한 사대부들의 반대는 날이 갈수록 심해졌다. 이들의 배후에는 명남이 있었다. 그러나 세종은 꿈쩍도 하지 않았다. 이날만을 위해 와신상담臥薪嘗膽하며 모든 수모를 참고 견뎌 온 사람처럼 물러남이 없었다.

十一 훈민정음 코드

가운뎃소리

며칠 후, 집무실

세종은 세자를 홀로 불렀다. 새로운 조선의 문자를 만들고 자신이 직접 쓴 「서문」과 「예의」를 세자에게 먼저 보여 주고 싶었다.

세자는 한참 동안 글자에 새겨진 의미를 되새겼다.
"이 언문의 이름은 무엇인지요?"
세종은 이미 마음속에 생각해 둔 것을 말했다.
"훈민정음訓民正音이다."
세자는 이름이 서문에 써진 뜻과 같다고 느꼈다.
"훈민정음, 백성을 가르치는 바른 소리! 아바마마의 의중과 딱 맞습니다."
세종은 차분히 세자의 말을 정정했다.

"정음正音은 소리聲를 뛰어넘은 바른 음音을 표현한 것이다."

세종은 앞에 놓인 하얀 종이 위에 훈민정음이라는 네 글자를 천천히 써 내려갔다.

"정음! 바른 음에서 바른 음악을 만들었으니, 백성이 바른 인간이 되기를 바라는 마음을 담아 보았다."

세자도 훈민정음에 향악을 담으려 온몸을 불사른 세종의 모습이 주마등처럼 스쳐 지나갔다.

"세상의 소리를 바른 음으로 표현할 수 있다는 게 믿어지지 않습니다."

세종은 영의정 황희를 비롯한 신하들의 반대가 아니라면 바로 세자에게 왕위를 물려주고 싶었다.

"세자는 들으라! 백성을 위해 글자 만드니 즐겁지 아니하냐?"

세종은 예의 편에서 훈민정음의 자음과 모음에 대한 예를 한자로 들었다. 세종은 세자에게 기본자음 중 어금닛소리를 예로 언급한 한자들을 손가락으로 짚었다.

"하나씩 읽어 보거라!"

세자는 한 글자씩 읽어 내려갔다.

※

"군君 · 임금, 뀨虯 · 새끼용, 쾌快 · 즐겁게, 업業 · 일을 하다"
"임금과 왕자가 즐겁게 일을 하다"

세종은 세자에게 결의에 찬 눈빛을 보냈다.

"너와 내가 이룬 일이다. 왕으로서 너와 내가 목숨을 걸고 훈민정음을 지켜야 하느니라!"

세자는 무릎을 꿇었다.

"소자의 목숨을 다해 지킬 것입니다."

세종은 세자의 팔을 잡고 일으켜 세웠다.

"너는 문文뿐만 아니라 무武까지 뛰어나니 나를 능가하는 성군이 될 것이다."

세자는 언제나 자신의 아버지가 세종인 것이 고마웠다. 그런 아들의 마음을 알아차렸는지 세종이 다시 세자의 손을 꼬옥 잡았다.

"이제 조선의 왕다운 면모가 보이는구나! 너는 이제 더 이상 신하되는 나라의 왕세자가 아니다. 당당히 자신의 문자를 가진 조선의 황제가 될 것이다."

세자의 손은 어느새 용의 발가락처럼 날카롭게 변했다.

1444년, 집현전

세자를 비롯한 정인지, 최항, 박팽년, 성삼문, 강희안, 신숙주, 이개, 이선로 등 집현전 학자들이 훈민정음의 예를 들고 자세한 설명을 다느라 시간 가는 줄 몰랐다. 세종의 명으로 시작했지만, 훈민정음을 알아갈수록 집현전 학자들도 놀라웠다.

스승 없이도 스스로 깨치게 만드셨다고 하셨으나
전하의 깊은 뜻이 신묘하여 저희가 능히 밝힐 수가 없소!

대제학 정인지가 골몰하는 학자들에게 한마디 던졌다.
"세상의 소리를 담으라 하셨습니다."
찬찬히 예의를 살피던 수찬 성삼문이 혀를 내둘렀다.
"훈민정음은 옛 조상의 것을 이은 게 아님이 분명합니다. 소리의 원리를 따른 것처럼 보이지만 그 연관성을 찾기가 어렵습니다."
이때 성리학에 밝은 집현전 학자이자 연장자였던 응교 최항이 이의를 제기했다.
"전하께서도 율려신서와 홍무정운을 공부하셨으니 성리학을 참고하셨을 것이오. 사람의 소리에도 음양의 이치가 있는데 사람이 깨닫지 못할 뿐이오."
부수찬 이개도 답답하기는 마찬가지였다.
"원리란 본래 둘이 아니므로 답이 있겠죠! 어찌하든 첫소리인 자음이 발음기관의 모양을 본뜬 것만은 분명한 것 같습니다."
모두 동의했다. 하지만 그 원리는 흐릿하기만 했다. 옆에 있던 돈령부 주부 강희안이 나섰다.
"중국 운서의 조음위치인 아설순치후와 같습니다."
부교리 박팽년이 아설순치후의 기본이 되는 글자들을 골랐다.

"그렇다면 기본이 되는 다섯 개의 자음은 ㆁ, ㄴ, ㅁ, ㅅ, ㅇ이 됩니다."

가만히 쳐다보던 부교리 신숙주가 이의를 제기했다.

"어금닛소리인 ㆁ과 목구멍소리인 ㅇ이 비슷하니 구분하기가 어렵습니다. 어금닛소리는 가장 간단한 모양인 ㄱ으로 해야 헷갈리지 않겠습니다."

집현전 학자 중에서 명나라의 홍무정운을 익히고 음운학에 가장 뛰어난 신숙주의 의견이었기에 곧 받아들여졌다.

"기본자음은 ㄱ, ㄴ, ㅁ, ㅅ, ㅇ으로 정하면 될 듯합니다. 글자의 모양도 깔끔하게 정리가 되었습니다."

집현전 학자들은 세종이 제시한 기본자음과 다르게 생각했다. 단지 조음위치의 간단한 모양을 기본자음으로 삼았다.

'ㄱ, ㄴ, ㅁ, ㅅ, ㅇ'

모두 찬성했다. 신숙주는 다시 글자의 모양을 설명했다.

"첫소리는 열일곱 글자입니다."

❈

어금닛소리 'ㄱ'은 혀뿌리가 목구멍을 닫는 형태를 본뜨고,
'ㄴ'은 혀가 윗잇몸에 붙는 형태,

입술소리 'ㅁ'은 입 모양,

잇소리 'ㅅ'은 치아 모양,

목구멍소리 'ㅇ'은 목구멍 모양을 본뜬 것이다

집현전 학자들은 자음을 연구하며 조음위치 모양에 초점을 맞추었다. 정인지는 가만히 지켜보기만 했다.

이번에는 이개가 목소리를 높였다.

"ㆁ은 실제로 나는 소리도 ㅇ과 비슷하니 ㄱ과 다른 이체자로 정리해야 할 듯합니다."

강희안이 동조했다.

"그렇다면 반혓소리 ㄹ과 반잇소리 ㅿ 또한 혀와 치아의 형태를 본뜬 것이나 그 모양이 달라 획을 더한 의미가 없습니다."

부수찬 이선로도 일사천리로 일이 처리되자 조바심이 났다. 글자들을 유심히 살피다 비슷한 글자들끼리 모으기 시작했다.

"ㅋ은 ㄱ에 비하여 소리가 세게 나므로 획을 더한 것 같습니다. ㄴ에서 ㄷ으로, ㅁ에서 ㅂ으로, ㅅ에서 ㅈ으로, ㅇ에서 ㆆ으로 소리에 획을 더한 것입니다. 그러나 자음마다 가획되는 원리는 같지 않습니다."

신중한 성삼문이 유심히 예의를 살폈다.

"그런데 전하께서는 아설순치후를 뜻하는 글자인 ㆁ, ㄴ, ㅁ, ㅅ, ㅇ 대신 ㄱ, ㄷ, ㅂ, ㅈ, ㆆ을 먼저 소개하였는지 그 연유를 모르겠습니다."

최항이 다시 나섰다.

"문자의 순서가 그리 중요하겠는가? 다 쓰일 수 있도록 표현만 되면 그만이지!"

그러나 성리학에도 능통했던 신숙주가 이번에는 이의를 제기했다.

"자음의 순서야 응교 나리의 말처럼 다 표현만 하면 그만인 듯합니다. 그러나 전하께서 정하신 기본자음의 궁상각치우 순서가 이상합니다."

최항은 갑자기 글자를 논하다 '궁상각치우'라는 중국의 음계를 얘기하는 신숙주가 이해되지 않았다.

"궁상각치우는 중국의 음계 아닌가? 아악을 따랐다는 명백한 증거일세! 향악을 따랐다면 '중임무황태'라는 우리 전통 음계를 쓰셨겠지. 그렇지 않은가?"

신숙주의 가지런한 수염이 미세하게 흔들렸다.

"홍무정운에서는 가장 입안에 있는 목구멍소리를 궁宮이라 하였는데, 전하께서는 가장 입 밖에 있는 입술소리를 궁이라 하시니 통 이해가 되지 않습니다."

세종은 각 조음위치에 해당되는 오음의 배치 이유를 일절 설명하지 않았다. 훈민정음이 향악으로 만들었음을 숨기기 위해 단지 궁상각치우의 위치만을 적었다.

입술소리는 흙이고 늦여름이며 오음 중 궁宮이 되네
　　　목구멍소리는 물이고 겨울이며 오음 중 우羽가 되네

　따라서 궁상각치우에 대한 집현전 학자들의 의견도 여러 가지로 갈렸다.

　'꽤~앵, 꽤~, 꽹'

　박팽년이 꽹과리를 치는 흉내를 냈다.

　"궁宮은 임금, 상商은 신하, 각角은 백성, 치徵는 일, 우羽는 사물을 뜻하는 소리로 그 의미에 맞게 꽹과리를 두드리면 나오는 소리입니다."

　'움머~, 꿀꿀~'

　이번에는 이개가 동물들의 모습을 흉내 냈다.

　"오음은 동물의 소리로 궁은 소牛, 상은 양羊, 각은 닭鷄, 치는 돼지豚, 우는 말馬로 각 동물이 내는 소리와 비슷합니다."

　'우~웅, 잉'

　자기의 복부를 이리저리 만지고 있던 이선로가 소리를 냈다.

　"오음은 신체 구조에서 오장과도 연관이 있으니 오장에서 목구멍을 통해 나는 소리입니다."

　'오~옴!'

　한쪽에서 태극권을 그려 보던 강희안이 갑자기 무언가를 발견한 것처럼 다급하게 앞으로 나왔다.

"오음도 오행의 한 종류입니다. 입술은 오행에서 흙에 해당되니, 만물의 토대가 되어 궁宮이 됩니다."

한참 동안 궁상각치우에 대한 의견이 팽팽했다. 집현전 학자들은 익숙한 성리학으로 해석하며 음양오행에 초점을 맞추었다. 궁상각치우를 음계인 음악으로 푸는 사람은 없었다.

이때 최항이 머리를 꼿꼿하게 세웠다.

"성리학이란 상황에 따라 변할 수도 있는 법이며, 그 해석이 무궁무진하네. 궁상각치우가 오행이라는 것은 분명하니, 조합만 맞추면 되네. 지금 음악 시간이 아니잖은가?"

명쾌하게 풀리지는 않았지만, 최항의 의견이 타당하여 반대하는 사람은 없었다.

'진정 전하께서 자음을 음양오행이라는 성리학으로 만들었단 말인가? 집현전 학자들이 너무 방향을 그쪽으로 몰고 있는 건 아닌가?'
그러나 신숙주만은 찬성할 수 없었다. 무언가 꺼림직한 표정을 지었다. 이내 신숙주가 가만히 집현전 학자들의 대화를 듣고만 있던 세자에게 물었다.

"저하께서는 어떻게 생각하십니까? 전하가 기본자음을 오행 중에 궁상각치우라는 오음을 꼭 언급하시는 연유를 아시는지요?"

무릇 사람의 소리는 오행에 뿌리를 두고 있다
오음에 맞춰 보아도 틀리지 않는다

갑작스러운 질문에 당황한 세자가 침착하게 대처했다.

"전하께서는 저에게 서신만 전하고 모든 해석과 풀이에는 관여치 말라 하셨습니다. 단, 오음은 입술소리를 궁宮, 잇소리를 상商, 어금닛소리를 각角, 혓소리를 치徵, 목구멍소리를 우雨로 표기하라 명하셨습니다. 어찌 제가 전하의 뜻을 전부 알겠습니까?"

신숙주는 의심을 거둘 수 없었다.

"자음의 형태는 음양오행인 성리학보다 중국 송대宋代 정초가 육서략에 제시한 인도의 범어를 참고하신 것 같습니다."

집요해지는 집현전 학자들의 질문에 난처한 세자를 보며 정인지가 나섰다.

"전하의 지혜를 어찌 다 헤아리겠소!"

중국의 사대주의를 따르던 신숙주는 1448년에 편찬한 동국정운에 세종이 아닌 명나라의 홍무정운을 따라 궁상각치우의 순서를 정했다.

'아무래도 전하가 오음의 순서를 잘못 해석하셨다. 송나라의 정초도 칠음략에서 궁宮을 목구멍소리라 하지 않았는가?'

신숙주와 성삼문을 제외한 집현전 학자들은 성리학으로 자음을 풀이하는 데 막힘이 없었다. 그런데 이번에는 최항이 낯선 모음을 보면서 당황했다.

"자음이야 발음기관을 본떴으니 그 모양을 잡기가 어렵지 않습니다만 모음인 •, ㅡ, ㅣ는 어떻게 해석해야 할지 전혀 감이 오지 않습니다. 저하는 전하에게 여쭤 봐 주십시오!"

다른 집현전 학자들도 한목소리로 얘기했다.

"맞습니다. 입속을 볼 수 있는 것도 아니고요."

가운뎃소리 열한 글자 또한 모양을 본떴으나
자세한 뜻은 가히 쉽게 보지 못하네!

세자는 집현전 학자들의 의견을 모은 다음 그동안 첫소리인 자음을 정리한 종이를 가지고 자리를 떴다.

다음날, 내불당

훈민정음을 창제한 세종은 훈민정음에 대한 해석은 집현전 학자들과 세자에게 맡기고 궁궐 안 불당에서 나오지 않았다. 불당 안에는 금속활자를 만드는 주자소鑄字所가 마련되어 있었다. 세종은 둘째 형 효령대군을 비롯해 수양대군, 안평대군, 신미대사 그리고 두 젊은이와 무언가를 유심히 살피느라 세자가 인사를 올리는 줄도 몰랐다.

세자가 다시 인사를 올렸다.

"아바마마! 집현전 학자들이 그동안 정리한 자료입니다."

세종은 세자가 내민 종이를 잠시 옆으로 밀치고 환한 얼굴로 세자에게 작은 금속 덩어리를 보여 주었다.

"이 금속활자를 보거라! 주자를 만드는 것은 많은 서적을 인쇄하여 길이 후세에 전하려 함이니 진실로 무궁한 이익이 될 것이다."

세종이 보여 준 금속활자에는 한자가 아닌 'ㄱ', 'ㄷ' 등 훈민정음의 기본글자들이 새겨져 있었다. 세자는 세종이 내민 활자를 보면서 활자의 그 아름다움에 놀랐다.

"갑인자 활자와는 차원이 다른 아름다움입니다. 훈민정음의 활자는 문자를 뛰어넘어 입체감이 있습니다. 마치 살아 있는 글자 같습니다."

세종이 흐뭇하게 웃었다.

"안평대군이 금속활자에 훈민정음의 문양을 쓰느라 애를 많이 썼다."

안평대군의 서예는 명나라 사신들이 탐낼 만큼 가히 일품이었다. 중국이 자랑하는 최고의 서예가 왕희지王羲之와 비견될 정도였다.

조선 최고의 금속활자 갑인자는 장영실과 이순지를 비롯해 여러 기술자가 동원되어 두 달 동안 이십만의 활자를 만들었다. 하지만 세자의 눈에는 안평대군이 쓴 몇 점의 훈민정음 금속활자가 더 놀라웠다.

안평대군은 흥분된 목소리를 감출 수 없었다.

"금속활자에 훈민정음을 새기는 과정이 꿈만 같았습니다. 마치 무릉도원을 걷는 기분이었습니다."

세종이 환한 얼굴로 두 젊은이를 소개했다.

"손재주가 뛰어나 신미대사가 데리고 온 민혁, 민건 형제이다."

형제는 조용한 성격만큼 인사도 과묵했다. 그리고 하던 일을 묵묵히 했다. 세종이 이번에는 모래 한 줌을 들어 올리고는 세자에게 보여 주었다.

"이 모래가 조선 금속활자의 비밀이다. 바티칸에서도 흉내를 낼 수 없는 특급 비밀이지! 그 모래의 비밀을 발견한 사람이 저 형제의 아버지이다. 관청에서 일하면서 가문이 이어 오고 있다."

민혁이 세자에게 아뢰었다.

"바티칸의 금속활자는 금속에 직접 새기는 형식이어서 글자가 불규칙하며 정교하지 못합니다. 그러나 조선의 금속활자는 모래를 이용한 주조로 틀을 만들어 그 안에 쇳물을 넣기 때문에 더 정교하고 아름다울 수밖에 없습니다."

세자는 세종이 왜 신하들의 반대를 무릅쓰고 내불당을 지어 신미대사와 스님들을 궁궐 안에 불렀는지 알게 되었다.

세자가 조심스럽게 물었다.

"혹시 불교를 반대하는 유생들의 반발에도 이를 강행하신 연유가 혹시 금속활자 때문이십니까?"

수양대군이 세종을 대신해 대답했다.

"저도 영문을 모른 채 여기에 끌려왔습니다. 그리고 내불당에 와서야 신미대사님을 스승으로 모시라는 연유를 알게 되었습니다."

세종의 얼굴이 다소 굳은 표정을 지었다.

"훈민정음을 만들면서 가장 걱정한 것은 명나라 조정과 친명파 신하들에 의해 훈민정음이 사라지는 것이었다. 그리하여 생각해 낸 것이 금속활자이다. 책으로 찍어서 보관도 할 수 있지만 웬만한 불에도 녹지 않으니 어떤 전란 속에서도 이 금속활자는 살아남을 것이다."

세종은 잠시 신미대사와 눈빛을 주고받았다.

"어떠한 국난에서도 훈민정음을 지키는 일에 신미대사를 비롯한 스님들이 발 벗고 나서기로 약조하였다."

신미대사가 정중하게 허리를 숙였다.

"훈민정음해례본을 넣을 불상들을 준비 중입니다."

불교에서는 부처의 사리와 불경처럼 소중한 것을 불상의 배 안에 저장하는 복장유문服藏遺物의 방법을 사용했다. 세종은 멀찍이 떨어져 있는 효령대군을 찾았다.

"형님은 조선의 어디든 마음대로 드나드시니 이 불상들을 잘 부탁드립니다."

세종은 효령대군을 제외하고 모든 이에게 불상들의 거취를 철두철미하게 비밀로 했다. 훗날 형제의 난 등 왕가의 싸움에서 가장 무사할 사람은 권력을 내려놓고 불교에 심취한 효령대군이라 생각하며 이 일을 맡겼다.

효령대군은 말없이 두 손을 합장해 보였다.

세자가 몸을 일으키고는 대답했다.

"고려가 몽골의 침입을 부처의 힘으로 막기 위해 만든 팔만대장경의 목판을 스님들이 목숨을 걸고 지켜 낸 사실을 익히 들었습니다."

세종은 이전과는 다르게 진지한 목소리였다.

"조선은 유교를 따르는 나라이지만 유교는 엄연히 중국의 것이다. 조선의 문자인 훈민정음을 지켜 내기 위해서는 백성들이 믿는 불교가 더 적합하다고 판단하였다."

세자도 같은 생각이었다.

"지금 유행하는 성리학도 유불선(유교, 불교, 도교) 삼도의 통합과 조화를 강조하기에 시대적으로도 맞습니다."

신미대사도 무거운 입을 열었다.

"소승도 마찬가지입니다. 불교의 경전이 범어로 되어 있어 너무 어렵습니다. 백성이 알지 못한다면 무슨 소용이 있겠습니까? 오히려 백성들이 읽을 수 있게 불교의 경전을 훈민정음으로 편찬하여 장려해 주시니 그저 감사할 따름입니다. 소승들은 불교를 위해서라도 목숨을 걸고 훈민정음을 지켜 낼 것입니다."

긴 수염 사이로 열띠게 말하는 신미대사의 입술이 점점 선명한 붉은 색깔을 띠었다.

세종은 수양대군을 신미대사에게 맡겼다. 아버지 태종의 살기를 지닌 수양대군이 불교를 통해 권력에 대한 야망이 수그러들길 바랐다.

"수양대군은 신미대사를 잘 보필하고 불교 경전을 훈민정음으로 금속활자에 새기는 데 게을리해서는 안 된다."

수양대군이 씩씩하게 대답했다.

"신미대사님이 다른 데 정신을 팔 시간을 주지 않습니다."

수양대군의 엄살에 세종이 옅은 미소를 지었다.

그때, 조용하던 내불당 안이 궁궐 밖의 소란 때문에 시끄러워졌다. 훈민정음을 창제한다는 소식에 전국 유생들이 항소가 빗발치고 있었다.

세자가 걱정되어 아뢰었다.

"처음에는 찬성하던 집현전 학자인 김원도 마음을 바꿔 반대편에 가담하였다고 합니다."

"곤장을 때리고 일주일간 감옥에 가두어라!"

수양대군은 흥분되어 목소리가 격앙되었다.

"배신한 김원을 본보기로 엄하게 다스려야 다시는 이런 일이 없을 겁니다."

세종이 대수롭지 않게 얘기했다.

"다시 나랏일을 시키거라!"

세종은 김원의 배신에도 다시 중책을 맡길 만큼 인재를 끝까지 믿었다. 형제까지 피로 보복한 태종과는 정반대의 행보를 보인 이유는 아버지 태종의 유언 때문이었다.

나는 이 세상에 잔재해 있는 모든 악몽과 슬픔을 뒤집어쓰고 갈 것이니, 세종은 이 세상에 가장 어진 성군이 되어 내가 지은 죄를 조금이나마 줄여 달라!

 궁궐 밖의 유생들을 물린 내불당은 다시 평온을 찾았다. 세자와 세종은 다른 사람들을 뒤로하고 석탑이 세워진 불당 앞마당으로 자리를 옮겼다.
 세종의 목소리가 가볍게 떨리고 있었다.
 "어떻게 공법이 시행되었느냐?"
 "예, 아바마마! 조선 팔도에서 일제히 시행되었습니다."
 세종이 25년간 정성을 들였던 새로운 공법이 드디어 시작된 것이다. 세종은 단호했다.
 "이제 탐욕스러운 관리들조차 백성들에게 털끝만큼이라도 세금을 더 거두지 못할 것이다."
 세자는 걱정스러운 눈빛을 감출 수 없었다.
 "훈민정음도 공법처럼 백성들이 마음껏 사용할 수 있으면 좋겠습니다."
 관료들은 자신들의 재산과 관련된 공법에 대해 민감하게 반응하며 훈민정음과 마찬가지로 심한 반대를 했다. 하지만 세종은 그 모든 역경을 감내했다.

'이제 훈민정음 차례이다.'

세종은 이제야 집현전 학자들이 생각났다.

"그래, 훈민정음은 어떻게 되고 있느냐?"

세자가 그동안 진행 과정을 설명했다.

"집현전 학자들이 자음에서 오음 궁상각치우의 순서에 의문을 품고 있습니다. 다행히 음양오행인 성리학으로 매듭지었습니다. 하지만, 부교리 신숙주만이 음운의 원리가 범어를 참조한 것이 아니냐고 물었습니다."

세종은 그동안 글자와 보낸 세월이 주마등처럼 지나갔다.

"음운에 관련된 모든 책을 섭렵하였다. 그러나 기존의 글자들은 무언가 부족하였다. 특히 말과 글자가 달라 배우기가 어렵다는 것이다."

세종은 훈민정음을 만들면서 느꼈던 마음속 깊은 고뇌를 토해 냈다.

"그것을 해결하는 방법은 음악뿐이었다. 누구도 훈민정음이 음악으로 만들어졌다는 사실을 눈치채서는 안 된다. 이 비밀이 누설된다면 모든 노력이 물거품이 된다. 집현전 내부에 명나라를 따르는 이가 있는 듯하여 내 믿는 대제학에게도 훈민정음의 비밀을 전부 말하지 못하였다."

"명심하겠습니다."

세종은 다시 석탑에 가려지기 시작한 해로 시선을 옮겼다.

"오행으로 성리학을 따르게 하여야 의심받지 않을 것이다. 지금은 명나라의 의심을 피하려면 어쩔 수 없다. 그러나 훈민정음을 마음껏 사용할 수 있는 훗날, 후손들이 훈민정음의 비밀을 풀 수 있어야 한다. 그 암호가 바로 '궁상각치우'이다."

세자는 그래도 불안했다.

"후대에 궁상각치우를 보면 훈민정음이 음악으로 만들어진 사실을 알 수 있을까요?"

세종도 자신의 암호가 알려지지 않을까 걱정이 되었다.

"내 예의에도 친히 모든 글자를 소리라 표현하였다. 단 한 번도 음양오행이라는 성리학 용어를 사용하지 않았다."

세종은 마른침을 삼키면서 말을 이어갔다.

"또한 각 조음위치의 기본자음으로 ㄱ, ㄷ, ㅂ, ㅈ, ㆆ을 먼저 소개하였다. 그 이유는 조음위치 모양보다 실질적인 음흡의 값을 갖는 글자들로 만들었음을 알리기 위해서이다."

'훈민정음의 궁상각치우 비밀을 풀고 조선의 황종율관으로 도량형을 재건하여 부국의 조선으로 거듭나길 부디!' 세종은 간절하게 빌었다.

세자가 제안했다.

"아바마마! 후손들이 훈민정음을 글자로만 해석할까 염려가 됩니다. 그래도 대제학에게 마지막 서문에 암시할 수 있는 글을 남기도록 하심은 어떠한지요?"

세종도 일리가 있어 정인지에게 보낼 내용을 세자에게 일러 주었다. 세종의 의중을 전해 들은 세자는 문득 궁금해하는 집현전 학자들이 생각났다.

"첫소리를 발음기관에서 본떴다는 것은 알겠지만 가운뎃소리인 모음 ㆍ, ㅡ, ㅣ의 모양을 어디서 본뜬 것인지 집현전 학자들이 묻고 있습니다."

모음을 어떻게 설명할지 고민하던 세종은 6년 전 일이 떠올랐다. 세종의 눈앞에 자신이 부수라고 명해 먼지가 된 조선의 천문기구들이 다시 찬란한 빛을 내면서 나타났다.

가운뎃소리
十二 훈민정음 코드 二

6년 전(1438년), 간의대

조선의 찬란한 천문학 유물들이 다시 반짝이고 있었다. 둥근 표면이 특이한 앙부일구, 용의 머리가 하늘을 향한 일성정시의, 조선의 별자리를 관찰할 수 있는 간의, 하늘을 둥근 원형의 틀로 표현한 혼천의, 조선의 사절기를 알 수 있는 옥루가 놓여 있었다. 세종, 강원 그리고 몇 명의 천문학자들만 모였다.

　세종과 정인지를 비롯한 천문학자들이 비밀리에 작업을 마치고 모두 자리에 모였다. 세종은 정인지, 이순지, 장영실, 김담 등의 이름을 하나씩 거명했다.
　"어떤 날씨에도 조선의 시간을 파악할 수 있는 시계를 만든 일은 조선 과학의 큰 업적이오!"

세종은 천문학자들을 극진히 대우했다.

"경들이 있어 조선의 꿈을 꿀 수 있었소!"

신하들이 이구동성으로 대답했다.

"성은이 망극하옵니다!"

정인지가 먼저 나서서 말을 했다.

"저희는 그저 전하 분부대로 따랐을 뿐입니다."

분위기가 무르익자 호기심 많고 저돌적인 강원이 천문학자들에게 물었다.

"일성정시의는 하늘을 관측하는 기구이니 그 모양이 둥근 원형의 틀로 만든 것은 충분히 이해가 갑니다. 그런데 앙부일구라는 해시계는 어찌하여 바닥이 곡면인지요? 명나라의 시계들은 전부 평평한 평면인데 이번 시계는 독특합니다!"

김담이 강원의 관찰력에 흠칫 놀랐다.

"천원지방天圓之方, 지금까지 명나라는 하늘은 둥글고 땅은 모나다고 알고 있었습니다. 그런데 저희가 한양의 위도와 경도를 알아보면서 중국의 전통 천문학이 잘못된 점을 찾았습니다."

목이 빠지게 김담을 쳐다보던 강원이 재촉했다.

"무엇이 잘못되었다는 거요? 얼른 얘기해 주시구려?"

"땅은 평평하지 않고 둥글게 생겼습니다."

'하늘처럼 땅이 둥글다?' 땅을 내려다보면서 세종도 충격에 빠졌다.

장영실은 금색의 끈으로 묶여 있는 지도 한 장을 조심히 펼쳐 보였다. 지도 한가운데는 은하수가 흐르고 수많은 별이 새겨져 있었다.

"천상열차분야지도天象列次分野之圖가 아닌가?"

세종도 천상열차분야지도를 전에 본 적이 있었다. 조선이 건국되자 한 사람이 태조 이성계에게 탁본한 그림을 바쳤는데, 바로 고구려의 별자리 지도였다. 이 지도를 조선의 하늘에 맞게 일부 수정한 것이 천상열차분야지도였다.

이순지의 목소리는 여전히 차분했지만 날카로웠다.

"신들이 지도에 새겨진 1467개의 별을 몇 년간 살폈습니다. 볼수록 중국 역법에 큰 의구심이 들었습니다."

김담이 충격에 말을 잇지 못하는 세종에게 설명했다.

"중국의 천문학은 항상 천문의 중심을 중국으로 놓아 올바른 해석이 불가했습니다. 그러나 아랍에서 지구가 둥글다는 지구설地球說이 나왔습니다."

장영실은 이순지와 김담의 말을 듣는 내내 입가에 미소가 사라지지 않았다.

"그래서 일성정시의의 시계 모양을 둥글게 표시한 것입니다. 허, 허, 허."

호탕하게 웃은 장영실에게도 기분 좋은 날이었다.

"명나라에서 벗어난 조선의 천문을 볼 수 있으니 조선의 진정한 황제는 전하가 아니겠습니까? 그래서 제가 일성정시의의 모양을 용으로 표현한 것입니다!"

강원도 놀란 가슴이 진정되지 않았다.

"전하! 조선 천문에서 고구려의 하늘이 보이는 듯합니다."

김담도 흥분이 가라앉지 않았다.

"명나라에서는 애써 부인하고 있지만 아랍에서는 이미 역법의 수치까지 제안했습니다."

천문학 이론에 출중한 이순지도 장영실처럼 상기된 표정이었다.

"지구가 둥글다면 중국에서 사용하는 원주를 비롯한 모든 척도를 아랍의 것으로 바꾸어야 합니다."

강원이 천천히 설명해 주기를 호소했다.

"알기 쉽게 말해 주시오! 무슨 말씀인지 통 알 수가 없소!"

이순지는 조선의 천문에 적용한 아랍의 역법을 조곤조곤 설명했다.

"명나라의 역법은 원주를 365.25, 1도는 100분, 1분은 100초로 계산하는 것을 시정하여, 아랍의 회회력이라는 역법을 받아들이고 원주는 360, 1도는 60분, 1분은 60초로 적용하였습니다."

놀란 가슴을 쓸어내리는 강원을 보면서 정인지가 설명을 보탰다.

"그동안의 중국 자료를 아랍의 역법으로 바꾸어 계산하기가 가히 힘들고 검증할 것이 많았습니다. 이순지와 김담이 없었다면 엄두를 낼 수 없는 일입니다."

1442년 간의대에서 세종이 그토록 기다렸던 조선의 천체주기 소식이었다. 조선의 숫자를 듣게 된 세종은 그 신비로움을 잊을 수 없었다. 그리고 고구려에서 이어 온 조선 천문의 수, 이 숫자는 후세에 꼭 전달해야 하는 천기天機임을 세종은 직감했다.

※

조선의 1년 주기는 365.242188이다

6년 후(1444년), 비밀 방

세종에게 6년 전 천문학자들과 조선의 꿈을 나누었던 기억은 마치 어제와도 같았다. 향악, 천문학 그리고 문자까지 세종은 새로운 조선을 위해 자신의 모든 것을 불태우고 있었다.

　세종과 세자는 해가 저물어지자 내불당에서 궁궐 안 비밀의 방으로 자리를 옮겼다. 세종 외에는 그 누구도 출입을 엄격하게 통제하던 방이다. 세자도 처음이다. 왼쪽 벽에는 금색 띠를 두른 서랍이 정렬되어 있고, 오른쪽 벽에는 일성정시의가 자리를 잡고 있었다. 가운데 벽은 붉은 천으로 가려져 있었다.

　주변을 살피느라 분주한 세자에게 세종은 온화한 목소리로 말을 건넸다.
　"내가 꿈꾸는 조선의 모습이 여기에 다 있다. 그리고 세자에게 물려주고 싶은 조선의 미래이기도 하다."
　세자는 세종의 말 하나하나를 가슴 깊이 새겼다.

세종은 잠시 잊고 있던 집현전 학자들의 질문이 생각났다.

"자음을 오행으로 접근하였으니 모음은 삼재로서 천지인을 본떴다고 전하라! 어차피 모음에 조선의 천문학자들이 찾아낸 천문의 비밀을 담으려고 하였다."

세종은 작은 붓을 들고 화선지에 모음 네 개 'ㅗ', 'ㅜ', 'ㅏ', 'ㅓ'를 사각형 모양으로 그렸다. 'ㅗ'를 위에, 'ㅜ'를 아래에, 'ㅏ'를 오른쪽에, 'ㅓ'를 왼쪽에 그렸다. 사각형의 바깥에 각 점(•)이 새겨졌다.

세종은 네 개의 모음이 그려진 사각형을 세자에게 손가락으로 가리켰다.

"하늘이 땅 위에 있고, 하늘이 땅 아래에도 있다. 사람의 왼쪽에도 오른쪽에도 하늘이 있다. 무슨 뜻인가?"

호기심을 갖고 세자를 쳐다보았다.

"땅 주변이 전부 다 하늘이니 곧 땅이 둥글다는 뜻입니다."

세종은 막대기를 들고 사각형으로 이루어진 네 개의 모음 한가운데에다 원을 그렸다.

"이제 땅이 둥글다는 지구설이 도래한 것이다."

세자는 평평한 땅이 갑자기 둥글게 절벽처럼 깎여 내려가는 것만 같아 화들짝 놀랬다. 세종은 천천히 가운데 벽으로 걸어가더니 붉은 천을 내렸다.

높이와 너비가 5척尺인 지도가 걸려 있었다. 비단 위에 조선과 중국뿐만 아니라 아랍, 인도, 바티칸 제국과 아프리카까지 그려진 세계

지도였다.

세종이 천천히 지도를 살폈다.

"혼일강리역대국도지도混壹彊理歷代國都之圖이다."

이 지도는 1402년에 태종의 명으로 김사형, 이무 등이 조선과 중국 그리고 이슬람 서적을 참고하여 제작한 것이었다.

세자는 떨리는 목소리를 숨길 수 없었다.

"지도의 존재를 익히 들었습니다. 막상 실물을 보니 소자의 견문이 너무 짧은 듯하여 부끄럽습니다."

세종도 아버지 태종에게 이 지도를 물려받았을 때가 생각났다.

"조선의 땅에서 중국을 넘어 바티칸과 아프리카까지 펼쳐진 세계를 보거라!"

세자는 여전히 요동치는 마음을 가라앉힐 수 없었다.

"너무 당황스럽습니다. 다른 세계에 있는 것 같습니다."

세종은 유난히 커다랗게 그린 조선을 응시했다.

"아버지 태종은 새로 세운 조선 왕조의 위엄을 널리 알리고 싶어서 이 지도를 만들었다. 앞으로 조선과 왕래할 세계 곳곳의 나라들을 계속 그려 나가는 중이다."

문득 세자는 주안, 윤나강, 권재가 내밀었던 그림책이 생각났다.

"혹시 전에 건네받은 도화첩이 지도였습니까?"

세종은 그림책에 대한 비밀을 털어놓았다.

"하하! 이제 들켰구나! 장영실을 포함한 비밀특사의 임무가 하나 더 있었다. 바로 방문한 나라의 지도를 그리는 것이다."

세종은 세자에게 지도 밑에 대사성 권근이 쓴 발문跋文을 가리켰다.

※

천하는 지극히 넓고 넓어 몇천만 리에 이르는지 알 수 없다.
이 지도를 만들고 나니 이제 집 안에서도 천하를 알 수 있게 되었구나!

세종도 마음 한구석이 뜨거웠다.
"이 지도에 그림 하나를 더 그리려고 한다. 천하의 백성들이 조선말로 소통하는 그런 그림 말이다. 칼이 아닌!"

'천하의 백성을 위한!'

세자는 다른 말을 할 수 없었다. 세종은 아버지 태종과 달랐다. 칼로 사람을 죽이는 무가 아닌 글자 문文으로 모두를 품겠다고 생각했다.
그 글자가 바로 음악을 품은 훈민정음이었다.

'문文은 무武보다 강하다.'

세종은 왼쪽 벽면에 있는 서랍에서 종이를 꺼냈다. 고운 한지에 쓰인 글자는 다름 아닌 훈민정음이었다. 세자는 한지에 글자들이 몸을 꿈틀대더니 움직이는 환영을 보았다. 일어선 글자들은 어느새 황금색을 띠더니 공중으로 날아올라 지도 위 나라의 이름으로 촘촘히 박히고는 한동안 황금빛을 냈다.

잠시 환영 속에서 헤매던 세자가 문득 궁금한 게 생겼다.

"지도의 모양을 사각형으로 그린 게 중국의 천원지방을 의미하지 않습니까?"

세종은 바로 부인했다.

"아랍에서는 이미 땅이 둥글다는 지구설을 지도에 적용하기 시작했다. 시대가 바뀌었다. 조선의 천문학자들도 철저한 검증을 토대로 지구설에 의견을 모았다."

"조선의 천문이 뛰어난 것은 알았지만 이미 중국을 넘어섰는지는 몰랐습니다."

"아직 놀라기는 이르다."

세종은 짧게 대답하고는 점(•)을 가운데에 두고 주변을 '＿'와 'ㅣ'로 사각형을 그었다.

"하늘이 가운데 있고 땅이 위아래, 좌우로 둘러싸여 있다면 무엇이 되겠는가?"

어릴 적부터 천문학에 관한 책을 많이 접한 세자였지만 세종이 설명하는 천문학은 도저히 범접할 수 없는 마법의 책 같았다.

"아!"

세자는 땅과 하늘을 번갈아 쳐다보았다. 가만히 있던 땅이 갑자기 자신을 태우고 하늘을 마구 돌았다. 세자는 어지러웠다.

"하늘을 중심으로 땅이 돈다는 뜻입니다. 그렇다면 지구가 스스로 돈다는 지구자전론(지동설)이 옳다는 뜻입니까?"

세종도 처음 들었을 때 너무 놀라 쓰러질 뻔했다.

"간의와 일성정시의로 밤하늘에 일곱 개의 행성을 살피던 이순지와 천문학자들이 조선의 달력을 만들면서 또 다른 의구심이 들었다고 한다."

세자는 세종이 초조하게 이순지의 안부를 물었던 연유를 그제서야 알게 되었다. 세종은 그때만 생각하면 지금도 떨렸다.

"조선의 천문학자들이 칠 년간의 계산과 추적 끝에 조선 천체의 적경과 적위를 고려한 공전주기를 풀었다. 그리고 지구설에 기초하여 아랍을 뛰어넘는 지구자전론이라는 생각에 도달했다고 한다."

세종은 잠시 감정이 복잡했다.

"아직 지구자전론을 증명하기 위해서는 갈 길이 멀다고 한다. 그러나 그러한 의심을 할 수 있다는 게 대단하지 않더냐?"

조선 천문학자들의 호기심은 이미 세종을 닮아 있었다. 그 호기심 또한 세종의 철저한 계산에서 비롯된 것이었다.

세자는 믿기지 않았다.

"훈민정음의 모음인 천지인 안에 놀라운 조선의 천문을 볼 수 있다는 게 신기합니다."

세종이 세자 앞으로 다가섰다.

"어찌 그렇게 보이더냐? 모음이 천지인을 본떴다고 한다면 사람들이 천문학을 떠올리라 생각했다. 후손들이 지구설과 지구자전론이라는 사실을 알 수만 있다면 이순지와 장영실처럼 조선의 천문을 제대로 재건할 수 있지 않겠느냐?"

어느새 세자의 눈시울이 붉어졌다.

"조선은 신하의 나라로 천문학을 가질 수 없었습니다. 그러나 천문의 이론을 완성하였다면 얘기는 달라집니다."

"명나라가 조선의 천문뿐만 아니라 조선의 음악 그리고 조선의 문자인 훈민정음을 가만히 놔두겠느냐?"

세자는 천문기구들을 부숴야 했던 세종의 행동이 이제야 이해가 가기 시작했다.

"모두 지킬 수 없을 바에는 조선의 문자인 훈민정음만이라도 지키기 위함인지요?"

천문기구들을 부수고자 했던 아버지의 마음이 느껴져 세자는 다시 가슴이 울컥했다. 세종도 천문기구들이 무너질 때를 생각하니 조선의 하늘이 무너지듯이 다시 한번 비통했다. 세종이 잠시 헛기침했다.

"조선의 천문을 지키는 방법은 천문의 실물들을 없애는 것이었다. 대신 훈민정음 안에 그 실체를 숨기는 것이지. 조선의 음악도 마찬가지이다."

세자는 천문과 문자에서 놀라운 발견을 하고도 숨겨야만 하는 조선의 현실에 마음 한구석이 아련해졌다.

'음악과 천문학을 담은 훈민정음!'

세종은 권재가 아랍으로 다시 떠나기 전 장영실과 만났을 때를 회상했다. 지금은 둘 다 곁에 없지만, 훈민정음이라는 문자와 천문학에 대해 많은 영감을 준 그들이 그리웠다.

"권재가 아랍으로 떠나기 전 입안에서 모음의 위치를 장영실에게 말해 주었다. 장영실은 그것을 일성정시의의 위치로 표현한 것이다."

세종은 세자에게 얼굴의 왼쪽을 그리게 하고는 모음 위치를 하나씩 설명했다.

세종은 여린입천장의 안쪽을 점(•)으로 찍어 보였다.

"아래아(•)는 성대가 울리는 위치로 일성정시의에서 자시(밤 11시~새벽 1시)에 속한다."

세종은 다시 사람의 구강에 가로로 직선을 그렸다.

"ㅡ는 구강의 소리가 나가는 방향으로 축시(새벽 1시~새벽 3시)에서 시작되며, 소리의 방향이 앞으로 평평하게 나가는 모양을 나타낸다."

마지막으로 세종이 인두에 세로로 직선을 그렸다.

"ㅣ는 성대에서 생긴 소리가 인두로 올라가는 모습으로 인시(새벽 3시~새벽 5시)에서 시작한다."

세자는 한참 동안 입안에 일성정시의를 맞춰 보았다.

"세 개의 모음이 시작되는 위치와 방향이 정확히 일치합니다."

세자는 조선 하늘의 비밀을 풀어낸 천문학자들도 대단하지만, 훈민정음에 천문학의 비밀을 남기려는 세종의 혜안에 더 감탄했다.

"글자와 천문학의 절묘한 조화에 그저 신기할 따름입니다. 자연의 소리를 내는 이치가 이와 같지 않겠습니까?"

세종은 왕산악이 거문고 연주할 때를 떠올려 보았다.

"왕산악이 거문고를 켜고 있으면 검은 학이 날아와서 춤을 추었다는 말이 전부 거짓은 아닌 듯하다! 하, 하, 하!"

갑자기 세자가 의문이 들어 눈썹을 위로 치켜올렸다.

"아바마마! 그런데 후손들이 일성정시의 위치를 알 수 있을지요?"

세종의 얼굴도 순간 굳어졌다.

"대제학에게 전할 서신을 준비해 두었다!"

세종은 어둠이 내려앉는 조선의 저녁 하늘에 모음을 새기고 있었다. 지는 해는 점(•)이 되고, 곧게 뻗은 수평선은 'ㅡ'가 되며, 해까지 닿아있는 자신의 그림자를 따라 'ㅣ'를 그렸다.

'참으로 아름다운 조선의 모음이다.'

며칠 뒤, 집현전

세종의 서신이 집현전 학자들에게 건네졌다.

'아래아(·)'는 혀를 오므려서 소리가 깊으니
하늘이 자시子時에 열리는開 것과 같다
'ㅡ'는 혀를 조금 오므려서 소리가 깊지도 얕지도 않으니
땅이 축시丑時에 열리는闢 것과 같다
'ㅣ'는 혀를 오므리지 않아 소리가 얕으니
사람이 인시寅時에 생긴生 것과 같다

  집현전 학자들은 보물이라도 찾는 듯이 가운뎃소리를 표현한 종이를 뚫어지게 쳐다보았다.
  박팽년이 먼저 찬찬히 살폈다.
  "모음도 혀의 모양으로 표현한 게 자음과 같습니다."
  세종이 모음을 혀의 모양으로 표현한 이유는 인체를 해부했다는 사실을 숨기기 위해서다. 그러나 모음마다 제시한 혀의 모양을 취하면 입속에서 각 모음이 울리는 위치를 정확히 알 수 있었다.
  그러나 집현전 학자들은 천지인이라는 문구에 신이 났다. 자신들이 해석한 음양오행에 맞아떨어졌기 때문이다.
  강희안의 눈이 번쩍였다.
  "전하도 같은 생각이셨습니다. 천지인이 담긴 성리대전으로 풀면 금방이겠습니다."
  이개도 동참했다.

"요즘 대세가 성리학 아닙니까? 율려신서도 성리대전에 있는 애기이니 전하도 중국의 성리학을 따를 수밖에 없지 않겠습니까?"

성삼문이 한구석에서 의문을 품고 있었다.

"갑자기 자시, 축시, 인시라는 시간을 모음인 천지인에 사용한 연유를 모르겠습니다."

박팽년이 어렴풋이 기억을 떠올렸다.

"중국의 송나라 소옹이 쓴 황극경세서皇極經世書에 하늘과 땅과 사람이 만 팔백 년의 시차를 두고 차례로 생겨나는데, 이 시간을 자회子會, 축회丑會, 인회寅會라고 하였습니다."

당시 조선 학자들에게 가장 영향력 있는 천문 관련 책은 『황극경세서』였다. 황극경세서를 반박하는 이는 없었다.

'자음은 발성기관을 따른다고 하였는데, 갑자기 모음은 삼재를 본뜬다는 게 너무 황당하지 않은가?' 신숙주는 여전히 이해할 수 없다는 듯이 속삭였다.

신숙주는 아무 말없이 관전만 하는 세자를 향해 의심의 눈초리를 보였다.

"그렇다면 ㅛ, ㅠ, ㅑ, ㅕ는 어떻게 소리를 내야 하겠습니까? 이것도 성리학이란 말입니까?"

처음부터 훈민정음이 성리학을 따랐다는 말에 의심하던 신숙주였다. 신숙주가 더 의심할까 봐 얼른 대답한다는 게 세자는 세종이 말해 준 대로 얘기하고 말았다.

"ㅗ, ㅜ, ㅏ, ㅓ에 모두 ㅣ를 고려한 것이라 말씀하셨습니다."

성리학에 푹 빠져 있던 최항이 뭔가를 깨달은 듯 얼른 대답했다.

"예, 저하! ㅛ, ㅠ, ㅑ, ㅕ에 모두 사람(ㅣ)을 포함한 것은 사람이 만물 중 가장 신령하여 하늘(•)과 땅(ㅡ), 즉 음과 양에 참여할 수 있기 때문입니다."

난처한 세자를 보면서 정인지가 나섰다.

"그렇습니다. 만물이 사람에서 시작된다는 뜻입니다. 그리고 하늘과 땅과 사람의 모양을 취했으니 삼재의 이치를 갖추었다고 할 수 있습니다. 맞습니까? 저하!"

세자가 정인지의 말에 정신을 똑바로 차리고 대답했다.

"아, 그리 말씀하셨습니다. 삼재라 하셨습니다. 다만 백성의 소리를 모두 담으라고 신신당부하셨습니다."

강희안도 성리대전을 살펴보다가 음양오행의 방위 자릿수를 통해 모음을 풀었다.

"ㅗ는 하늘에서 생겼으니 천수天數로는 1이고 물 자리입니다. ㅏ는 그다음으로 생겼는데 천수로는 3이고 나무 자리입니다."

성리학이라는 말에 집현전 학자들은 훈민정음의 원리를 설명하는 데 속도를 냈다.

'성리학을 백성들이 어떻게 이해한단 말인가? 글을 배우는 선비들도 성리학을 깨우치려면 평생이 걸리는데!' 그러나 신숙주만이 혼자 구석에서 고민에 빠져 있었다.

집현전 학자들은 점점 더 모음을 성리학으로 몰아가고 있었다.

'글자는 사람의 소리를 표현하는데, 갑자기 모음이 발성기관이 아닌 삼재를 본떴다고 하시니 희한하군!' 정인지도 마찬가지로 의아했다.

의심에 골몰하고 있는 정인지에게 세자가 몰래 서신을 건넸다.

"전하께서 마지막 서문에 이 구절을 넣으라고 하셨습니다. 그러면 대제학께서 알아서 하실 거라 하셨습니다."

※

소리의 원리를 따르되 그 음률音은 칠조七調 가락과 화합한다
천지인 삼극의 뜻과 음양의 오묘함을 모두 갖추었다

정인지는 서신의 의미를 보고서야 환하게 웃었다.

'글자는 소리의 원리를 따랐으며 칠조 가락인 향악의 음률을 따라 만들었다. 아! 마침내 조선의 글자에 향악을 입히셨습니다! 전하!'

신숙주와 한림학사 황찬을 만나러 자주 동행했던 성삼문도 의심이 들기 시작했다.

"그런데 글자 모양이 어디서 많이 본 듯합니다."

최항이 단번에 말을 잘랐다.

"어디서 봤다는 건가? 그리고 새로운 모양이 어디 있겠나? 이미 세상에 다 있는 문양들이니 비슷하게 보일 수밖에 없지 않은가?"

정인지는 세종의 서신을 곱씹어 보았다.

"모양이 비슷하다는 것보다 발성기관의 형상을 표현했다는 것이 더 중요하지 않겠소?"

모두 정인지의 말에 동조했다. 서로 멋쩍게 쳐다보고 있는 집현전 학자들에게 세자가 세종의 다른 당부를 전했다.

"전하께서 사대부들이 읽기 편하게 훈민정음에 대한 설명은 한자로 쓰라고 하셨습니다."

물론 훈민정음을 한자로 쓰게 한 것은 사대부를 달래기 위한 세종의 책략임을 세자는 알고 있었다.

이선로가 환하게 웃었다.

"그러면 더 쉽습니다. 조선의 한자음인 이두만 정리하면 금방입니다."

세자도 이해하기 힘든 얘기들이 오고 갔지만 성리학에 능통한 집현전 학자들이라 모음을 푸는 것은 어렵지 않았다.

'전하는 그 누구보다 철저한 계산에 의한 실용적인 면을 중요하게 여기시지 않는가?' 다만, 신숙주만이 여전히 의심을 풀지 않았다.

집현전 학자들이 훈민정음의 자세한 뜻을 알기는 하는 것인가?

세종이 직접 쓴 훈민정음의 예의를 보고 있던 신숙주가 세자에게 물었다.

"끝소리는 첫소리를 다시 쓴다고 하였는데 그렇다면 중국의 이분법을 버리고 삼분법을 사용하겠다는 뜻이 아닙니까? 이는 한자음을 표기하기 위한 글자가 아닙니다."

명나라를 유독 좋아하는 신숙주라 세자도 말을 아꼈다. 주변이 소란스러워지자 다시 최항이 나섰다.

"부교리는 뭐 그리 복잡하게 생각하는가? 성리학으로 보면 첫소리가 끝소리로 되는 것은 당연한 이치라네."

최항은 모든 집현전 학자들이 쳐다보자 잠시 머뭇거리다 말을 이었다.

"성리대전의 핵심이 순환이네! 사계절의 운행이 순환하면서 끝이 없으니, 만물의 끝남에서 다시 만물의 시작이 되네. 겨울이 다시 봄이 되는 것과 일맥상통하지. 첫소리가 다시 끝소리가 되고 끝소리가 다시 첫소리가 되는 것도 역시 이와 같은 뜻이라네."

정인지는 누구보다 조선의 천문학자를 아끼던 사람이 세종이란 걸 알고 있었다.

'혹시 황극경세서는 우주 만물을 다룬 책이니 삼재를 꺼낸 연유가 조선의 천문을 훈민정음에 담았단 의미란 말인가? 전하는 가히!'

최항의 성리학 설명은 자연의 이치에 들어맞았다. 잠시 이개가 사성四聲에 대한 구절을 거론했다.

왼쪽에 점 하나를 붙이면 거성 去聲이고, 점이 둘이면 상성 上聲이고, 없으면 평성 平聲이다.

입성 入聲은 매우 빠르다

"글자 옆에 점(·)을 찍는다고 하지 않았습니까? 중국말의 성조와 같습니다. 한자음을 따랐을 뿐입니다."

자신의 의견이 통하자 최항은 다시 힘을 얻고 성리학으로 성조를 설명했다.

"사성도 마찬가지네! 평성은 편안하고 만물에 퍼지니 봄이 되고, 상성은 만물이 무성해지는 여름에 해당되네. 거성은 일어서며 견고하여 가을이 되고, 입성은 빠르고 닫혀 겨울에 해당되네!"

집현전 학자들은 최항의 설명이 끝나자 세종의 지혜에 감복했다.

"전하는 언제 이리도 성리학에 능통하셨는지 대단하십니다."

정인지와 세자는 성리학으로 훈민정음을 해석하도록 유도한 세종의 기지에 감탄하고 있었다.

세자는 세종의 마지막 당부를 집현전 학자들에게 전했다.

"훈민정음을 설명하는 데 사용되는 모든 글자의 음 하나하나를 전하에게 재가(허가)받으라고 하셨습니다. 그리고 홍무정운의 자모에 너무 헤매지 말라 하셨습니다."

무릇 동방에 나라가 있은 지가 비록 오래되었지만, 만물의 이치를 깨달아 모든 일을 이루는 전하의 큰 지혜는 아마도 오늘을 기다리고 있었던 것인가?

十三 조선의 소리를 새기다

가운뎃소리

1445년, 창덕궁 인정전

세자는 집현전 학자들의 진행 상황도 전달할 겸 세종에게 궁금한 점이 많아 발걸음을 급하게 옮겼다. 궁궐 안에는 이미 최만리와 친명파들이 와 있었다.

세종이 우두커니 서 있는 세자에게 안으로 들라고 했다.
"부제학이 너에 대한 걱정이 많구나!"
최만리가 다시 아뢰었다.
"한참 성리학 연구에 몰두해야 할 세자가 무익한 언문 연구에만 몰두하시니 옳지 않습니다."
세자가 얼른 태도를 고치고 최만리에게 답했다.
"걱정은 고맙습니다. 하지만 언문을 통해 다른 학문에도 깊이가 더

해졌습니다."

 최만리가 세자를 걱정한 것은 형식적이지만 조선을 걱정하는 마음에서 우러나온 것이었다. 세종도 최만리의 말을 경청했다.

 최만리는 세종의 눈치를 보면서 목소리를 높였다.

 "설혹 말하기를 언문은 자방고전字倣古篆으로 모두 옛 글자를 본뜬 것이라고 하였습니다. 하지만 글자의 형상은 비슷해 보이나 음을 쓰고 글자를 합하는 것은 다릅니다. 이는 옛것에 반하는 것이 아닙니까?"

 세종은 최만리의 예리한 질문에 당황했다. 옆에 있던 세자도 움찔했다. 그러나 세종은 바로 정신을 가다듬었다.

 "내 친히 그 이유를 서문에 썼소. 조선에 쓰는 한자음이 중국 한자음과 발음이 달라 서로 통하지 않아 옛 글자를 스승 삼아 만들어 본 것뿐이오."

 최만리는 의심쩍은 게 많았지만, 정확한 훈민정음의 원리를 몰라 머뭇거렸다.

 이때 명남의 도끼눈이 더 가늘어졌다.

 "전하께서 내불당에서 훈민정음으로 서사시를 짓는다는 얘기가 돌고 있습니다. 그 내용이 명을 벗어나 새로운 조선을 그린다고 하는데…… 맞습니까?"

 세종이 훈민정음으로 노래를 만들고 있다는 비밀이 샌 것이다. 세자조차도 모르는 일이었다.

 '전하가 정인지, 안지에게 조선의 역사 자료를 모으라는 명을 내린

이유가 노래를 만들기 위한 서사시의 재료일 줄이야.'

세종은 최만리와 친명파들의 시선을 아랑곳하지 않고 큰소리로 직접 지은 서사시를 읊조렸다.

"공자도 시를 쓰고 직접 곡을 붙여 노래하는 것을 좋아한다고 들었소! 요새 적적하여 몇 글자 적어본 것뿐이오. 잘 들어보시오!"

༄

뿌리 깊은 나무는 바람에 흔들리지 않아
꽃이 좋게 피고 열매를 많이 맺나니
샘이 깊은 물은 가뭄에도 마르지 않고
흘러서 내가 돼 바다에 이르는 도다

세종이 잠시 멈추고는 갑자기 차가운 눈빛으로 명남을 쳐다보았다.
"중국 황제들을 찬양하는 노래도 있네. 대제학은 들려주시오!"
세종의 시선이 자신에게 닿자 정인지가 읊었다.

༄

주나라 대왕이 빈곡에 살으사 제왕의 업적을 여시니
우리 시조께서 경흥에 살으사 임금의 업적을 여시니

세종은 정인지에게 미리 중국 왕을 제왕이라는 호칭과 함께 칭송하는 가사를 써 놓으라고 명했다. 훈민정음으로 악가무의 하나인 노래를 완성하기 위해서는 어쩔 수 없었다.

정인지의 서사시를 듣고 난 후에야 명남이 흡족해하며 간사하게 히죽거렸다.

"중국 제왕들의 호칭이 잘 표현되었소! 명나라 황제께서 기뻐하시겠소! 히, 히, 히."

명남 일행은 콧노래를 부르면서 궁궐을 빠져나갔다. 세종은 세자만을 남기고 모두 물렸다.

세자는 자신도 모르게 볼멘소리를 냈다.

"조선의 글자가 있어도 노래 가사로 마음껏 지을 수 없다니."

세종도 답답했다. 하지만 세자를 보니 기분이 풀렸다.

"집현전 학자들은 어떻게 되고 있느냐?"

"성리학으로 해석하니 한결 진도가 빠릅니다. 원리에 대한 설명이 끝나갑니다. 이제 훈민정음의 마지막 예시를 든 용자례 집필에 들어갔습니다."

"백성들의 말을 모두 표현할 수 있어야 한다."

세자는 난처한 듯 어두운 표정을 지었다.

"명대로 백성들의 소리를 모두 표기하라고 전하였습니다. 하지만 집현전 학자들이 성리학으로만 해석하여 글자로 예시를 들기가 막막합니다. 특히 글자 옆에 점(•)을 찍는 사성을 설명하기가 어렵습니다."

'성리학으로 어떻게 소리를 설명할 수 있단 말인가?'

세종도 설명하기 어려운지 잠시 뜸을 들였다.
"글자 왼쪽에 점(·)을 찍은 사성은 중국말의 성조가 아닌 우리말의 방점傍點을 의미한다."
세종은 오른손에 쥐고 있는 술대로 거문고의 현을 하나씩 뜯어 보이면서 시범을 보였다.
"현을 울리는 오른손의 술대를 자세히 보거라!"
세종이 술대를 현의 안쪽에서 바깥쪽으로 밀어내면서 치더니 거문고의 소리가 낮았다가 높아지면서 '두~둥' 하는 소리를 냈다.
"상성에 해당하는 거문고의 기본 주법인 중점中點이다."
바로 술대를 어깨 위로 올렸다 현을 세게 내려치자 거문고는 '뚱!' 하고 가장 크고 힘찬 소리가 났다.
"거성에 해당되는 대점大點이다."
이번에는 술대로 살짝 현을 뜯더니 거문고가 '딩~' 하는 다소 작은 소리를 냈다.
"평성에 해당되는 소점小點이다."
이번에는 특이하게 오른손의 술대를 쓰지 않고 왼손으로 괘 위의 현을 현란하게 문지르더니 '띠~잉' 하는 거문고의 소리가 농염하게 떨렸다.
"입성에 해당되는 자출성自出聲이다. 유독 왼손으로 현을 울리는 독특한 주법이다. 자출성이 거문고의 끝소리를 표현하듯이 매우 촉급하고 빠른 것이 말의 끝소리를 낼 때 사용하는 입성과 같다."

"아!"

세자는 말을 잇지 못했다. 세종은 덤덤하게 입성에 대해 계속 얘기했다.

"중국말의 성조와 우리말의 방점은 입성에서 분명한 차이가 있다."

⊠

우리말의 입성은 점을 붙여 평성, 상성, 거성으로 사용되지만,
중국말의 입성은 거성과 유사하다.

세종은 천천히 세자와 거문고를 한 번씩 번갈아 쳐다봤다.

"우리말의 다양한 입성을 거문고의 자출성 주법인 전성, 퇴성, 추성으로 표현할 수 있다."

세자는 거문고의 주법을 글자에 적용한다는 게 선뜻 이해되지 않았다.

"입성에 사용되는 자음을 어떻게 구분해야 하는지요?"

세종은 다시 거문고의 현을 짚으면서 설명했다.

"자출성은 왼손으로 괘 위에 있는 현을 문지를 때만 가능한 주법이다. 거문고의 괘는 사람의 구강을 뜻하니 구강으로 나가는 자음만 입성으로 사용할 수 있다."

세자가 깨달은 듯 놀랬다.

"그렇다면 소리가 거세지 않아 비강으로 나가는 불청불탁인 글자, ㅇ, ㄴ, ㅁ, ㄹ, ㅱ, ㅿ은 입성으로 사용할 수 없습니다."

세종이 연신 고개를 끄덕였다.

"그렇지! ㅅ을 포함한 나머지 자음들은 모두 입성으로 사용할 수 있다."

세자는 들을수록 묘했다.

"거문고에서 나는 소리가 어찌 이렇게 우리말을 잘 표현하는지 너무 신기합니다. 거문고 덕분에 글자의 원리를 깨달았습니다."

상기된 표정의 세자와 다르게 세종은 차분했다.

"거문고는 향악을 담은 악기이다. 향악은 우리 조상들의 말을 담았으니 당연히 우리말과 거문고의 소리가 같지 않겠느냐? 내 그래서 조선의 새로운 글자는 향악에서 비롯되어야 한다고 고집을 부린 것이다."

세종은 항상 거문고를 치면서 조선의 음악을 떠올렸다.

조선의 글자가 거문고 소리 위에 올라탄 채 바람을 따라 흐르고 있었다.

1446년, 1월, 경복궁

훈민정음 반포 날이 다가올수록 조선 팔도에서 밀려드는 역관들로 궁궐은 분주했다. 정의공주도 걸음을 재촉하며 입궁했다. 세종과 세자는 각 지방의 말들이 적힌 종이들을 살피느라 여념이 없었다.

세종은 두 팔 벌려 정의공주를 맞이했다.
"잘 다녀왔느냐?"
정의공주는 몇 년째 공법을 조사한다는 면목 아래 역관들과 조선 팔도를 돌아다녔다.
"아바마마의 말씀대로 관료들 몰래 백성의 말소리를 모으느라 곤욕을 치렀습니다."
세종은 그 모습이 어떠했는지 눈에 선했다.
"하, 하, 하! 고생이 많구나! 신하들의 눈을 피하려면 어쩔 수 없었다. 공법 덕분에 이리 방대한 조선의 말들을 모아 글자로 정리하게 되지 않았느냐?"
정의공주는 조선의 한자음을 조사하라는 세종의 명을 받고 지방에 다녀오는 길이었다.
"아직도 변음토착(예전부터 한자음이 변해서 전해 내려오는 소리)이 문제입니다. 훈민정음으로 표현하기 힘든 말들이 있습니다."
잠시 정적이 흘렀다.
"탐라로 유배 간 강원 또한 그 지역의 사투리를 못 알아듣겠다고 서신을 보내왔다."
세종은 자식 광평대군과 평원대군을 잃고 당뇨로 눈앞이 보이지 않은 상황에도 멈출 수가 없었다. 백성을 위해 하루라도 빨리 훈민정음을 반포할 생각뿐이었다.

세종은 난처한 표정을 지었다.

"그리 어렵더냐?"

정의공주는 매사 차분한 세종이 놀라는 표정에 새삼 얼마나 훈민정음에 정성을 쏟고 있는지 알 수 있었다. 가슴이 먹먹했다.

"아바마마께서 ㄲ처럼 같은 글자를 반복하여 소리의 세기를 다르게 표시하셨지만, 서로 다른 글자들이 합쳐진 말도 있었습니다."

세자가 더 안달이었다.

"조금 쉽게 말해 보거라! 예를 들어서 어떠하다는 뜻이냐?"

정의공주가 예를 들었다.

"첫소리에 ㅂ과 ㅃ의 소리가 나는 것이 아니라 ㅂㅈ나 ㅂㅅㄱ처럼 들립니다."

세종도 약간은 의아한 표정을 지었다.

"소리는 기본적인 첫소리, 가운뎃소리, 끝소리만 알아도 충분하다. 따라서 예의에는 소개하지 않았다."

세종은 잠시 말을 멈추고 거문고를 무릎 위에 놓았다. 세종이 왼손으로 괘를 짚으면서 다시 설명했다.

"왼손으로 현을 짚을 때 하나뿐만 아니라 두세 개의 현을 한꺼번에 짚어 소리를 내지 않느냐? 첫소리들을 합쳐서도 하나의 소리를 낼 수 있다."

세종은 왼손으로 문현, 유현, 대현을 각기 다른 괘를 짚은 상태에서 술대로 현을 내려쳤다.

'덩~ 거~ 석!'

"소리가 한층 풍요로워지지 않느냐? 첫소리로 글자들을 합치는 것은 가능하다."

세자가 급하게 물었다.

"거문고 연주로는 이해됩니다. 그러나 이 소리를 어떻게 사람의 입으로 낼 수 있는지요?"

세종이 거문고를 내려놓고는 자신의 입안을 찬찬히 살폈다.

"예를 들어 ㅂㄹ은 입술을 내민 상태에서 윗입술은 아래로 누르고, 혀끝을 ㄹ의 위치에 놓은 상태에서 한 번에 소리를 내면 된다."

'부~ 을, 불~ , ㅂㄹ~ ㅡ'

세자와 정의공주는 잠시 스스로 왕족임을 잊고 흉내 내기 바빴다. 세자는 신이 났다.

"ㅂㅅㄱ은 윗입술을 아래로 누르고, 혀끝은 아랫잇몸에 놓으며, 혀 가장자리가 윗어금니를 누른 상태에서 한 번에 소리를 내면 되겠습니다. 세상의 다양한 소리가 가능합니다."

세종의 입가에 미소가 번졌다.

"이게 화음이 아니고 무엇이겠느냐?"

첫소리를 합쳐 쓰려면 나란히 쓰고, 끝소리도 같은 방식으로 쓴다 세자의 의문점이 모두 풀리고 있었다.

"전에 모음도 합쳐 쓸 수 있다는 말씀과 같습니다."

세종은 술대를 쳐다봤다.

"그렇다. 거문고의 현을 울리는 오른손의 술대도 두세 개의 주법을 섞어서 사용하지 않느냐!"

세종은 해례본에 훈민정음의 비밀을 풀 수 있는 단서가 '거문고'에 있음을 남기기로 했다.

※

두 글자나 세 글자를 합하여 쓰는 것은
거문고 현을 받치는 '괘'를 예로 들 수 있다

정의공주는 여전히 풀리지 않는 문제가 있는 듯 고개를 갸우뚱거렸다.

"한자음을 발음할 때 입술소리가 달리 들릴 때가 있습니다."

세종도 중국 운서에서 본 적이 있었다.

"당연히 입술소리가 무겁고 가벼운지를 따져야 한다. 그리고 다르게 표시해야 한다."

세종은 입속에서 소리를 몇 번 내보다 직접 붓을 잡고 종이 위에다 글자를 썼다.

'ㅁ, ㅂ, ㅍ'

"소리가 나가는 공간이 좁을수록 소리가 가볍게 들린다. 입술소리 나면서 소리의 공간을 좁히는 방법은 혀뿌리로 목구멍을 어느 정도 막느냐에 달려있다. 따라서 표기는 ㅇ을 입술소리의 아래에 쓰면 되겠다."

세종은 거침없이 입술소리 'ㅁ'과 목구멍소리 'ㅇ'의 위치를 그려 나갔다.

"입술가벼운소리도 발성기관의 모양을 표현한 자음이다. 따라서 입술가벼운소리는 혀뿌리가 목구멍을 약간 막은 상태에서 입술소리를 내면 입술이 잠깐 합해지고 목구멍소리가 많이 난다."

세자는 마지막까지 자신을 불사르고 있는 세종의 마음이 느껴졌다. 세종은 하나도 허투루 하지 않았다.

"아이들의 말이나 변두리 시골말까지 놓치는 소리가 있어서는 안 된다."

'백성들이 훈민정음을 배워서 따뜻하고 밝은 기쁨을 누리길!'

1446년, 8월 내불당

훈민정음의 설명서인 『해례본』이 마무리 단계에 이르렀다. 세자는 그동안 집현전 학자들이 정리한 자료를 가지고 세종을 찾아갔다. 대부분 법당에서 신미대사와 시간을 보내고 있던 세종은 이례적으로 역관들과 일부 집현전 학자들을 내불당으로 불렀다.

세자가 자료를 건넸다. 세종이 해례본을 한참 쳐다보고는 정인지에게 명했다.

"지혜로운 자는 아침나절이면 배우고, 우매한 자도 열흘이면 배울 수 있음을 강조해 주시오!"

세종은 백성들이 어떠한 의구심도 없이 『훈민정음』을 배우길 바랐다.

"한나절에 배울 수 있다면 그 원리 또한 쉽다는 사실을 알리기 위함이요."

정인지는 세종이 추진하는 모든 비밀 업무를 맡아 오면서 매번 느끼는 게 있었다.

"삼가 생각하옵건대, 전하는 하늘이 내린 성인이십니다. 모든 왕을 초월하시었습니다."

정인지의 말 하나하나에는 진심이 묻어났다. 안지도 거들었다.

"참으로 이 지긋한 원리가 어디에도 닿으니, 이는 사람이 할 수 있는 일이 아닙니다."

정인지와 안지는 두 손 모아 예를 표했다. 세자도 진심이었다.

"바람 소리, 학의 울음소리, 닭 우는 소리, 개 짖는 소리도 모두 글자로 적을 수 있습니다."

내불당에 모인 신하들 모두 세종을 칭송했다.

실로 오랜 기간 싸움이었다. 그러나 기쁨을 만끽할 때가 아니었다. 훈민정음 반포를 앞두고 그 반발은 극에 달했다.

정인지가 걱정스럽게 아뢰었다.

"배후에서 명남과 이도신의 선동이 심해지고 있다고 합니다."

세자도 며칠 전에 있었던 일을 보고했다.

"명남의 수하에 있는 은수라는 어린 유생이 훈민정음 반포에 반대한다며 상투를 자르고 분신자살했습니다."

그러나 세종은 미동조차 하지 않았다. 그 무엇도 세종의 의지를 말릴 수 없었다.

세종은 미동도 없는 신미대사에게 물었다.

"수양대군은 어떻게 잘 따르고 있는지요? 야망이 커서 걱정이지만 글과 음악에는 남다른 재주가 있습니다."

수염이 허리까지 내려온 신미대사가 대답했다.

"유학에 익숙한지라 처음에는 반감이 많았습니다. 그러나 지금은 불교에 심취해 밤낮으로 석가모니의 일대기를 번역하고 있습니다."

수양대군과 신미대사는 불경을 훈민정음으로 번역하는 데 마지막 힘을 다하고 있었다. 세종은 목소리에 힘을 실었다.

"훈민정음을 반포하는 것으로 끝나는 게 아니오. 백성들이 실제로 사용할 수 있도록 만들어야 하오!"

세종의 치밀한 계획은 아직 끝나지 않았다. 세종의 시선은 며칠 사이 수척해진 정인지로 향했다.

"고생이 많지만 쉴 시간이 없소! 준비는 잘 되고 있소?"

정인지는 진행 상황을 설명했다.

"제1장은 전하의 명대로 거의 완성되었습니다. 제목은 전하께서 정해 주십시오!"

"이미 마음속에 정했소!

세종은 주변을 둘러보다 신숙주를 찾았다.

"동국정운은 어떻게 되고 있느냐?"

신숙주가 기다렸다는 듯이 대답했다.

"한림학사 황찬의 도움이 컸습니다. 조만간 완성될 것입니다. 명나라가 왜 대국인지를 알게 되었습니다."

세종은 신숙주가 명나라에 너무 호의적인 게 걱정되었지만 그만한 적임자가 없었다.

마지막으로 세종은 역관들에게 왕으로서 엄중한 명命을 내렸다.

"사역원 관리들은 듣거라! 모든 나라의 언어를 훈민정음으로 표기하는 데 박차를 가하라!"

어느새 법당에 드리운 황금빛 노을이 조선의 황제즉위식을 준비하는 것 같았다.

十四 황제의 나라

가운뎃소리

1447년 8월 1일 종묘

1392년 조선의 태조로 즉위한 이성계는 자신의 선조들과 그 비妃에게 차례로 왕과 왕비의 칭호를 올렸다. 그리고 조선의 왕들과 왕후들의 신주를 모시고 제례를 지내는 '종묘'라는 사당을 지었다.

일자로 길게 늘어선 종묘는 그 모양이 단순하지만 고귀함이 묻어났다. 지붕의 검은색과 기둥의 붉은색은 엄숙함을 자아냈다. 종묘의 위대함에 바람마저 고요했다.

건물 앞 마당에는 사각형 돌로 매워진 곳 가운데에 하얀 제복을 차려입은 세종이 하늘에 제를 올리고 있었다. 수양대군, 황희, 정인지 등 몇 명의 신하들만 세종과 동행했다. 신하들은 숨죽인 채 제사를 지내는 세종을 묵묵히 지켜볼 뿐이었다.

신정 3각 50초!

갑자기 붉은 해가 칠흑 같은 어둠 속으로 사라지기 시작했다. 이순지가 예보한 시간에 정확히 일식이 일어났다. 드디어 조선의 하늘을 다스릴 역법이 완성되었다.

세종은 종묘 위에 드리워진 검은 달 위로 선조들의 모습을 보았다. 그러나 조선의 선왕들은 용의 형상으로 변하지 못하고 이무기가 된 채 몸부림치다 종묘로 사라졌다.

그날 오후, 경복궁 근정전

종묘에서 제사를 지내고 돌아온 세종은 신하들에게 모이라는 명을 내렸다. 세종은 태종이 반대 세력을 피로 숙청할 때 입었던 '흑룡포'로 갈아입고 근정전 안으로 들어섰다. 꼭 참석하라는 명을 받은 친명파 중에서도 유독 명남과 이도신은 몹시 불쾌한 표정을 드러냈다.

오랜 침묵 끝에 세종이 정인지에게 눈짓을 보냈다.
"완성된 서사시의 1장을 읊어 보시오!"
정인지가 소매에서 미리 준비한 두루마리를 펼치고는 읽기 시작했다.

해동海東 육룡六龍이 나르샤,

　　일마다 천복天福이시니

　　고성古聖이 동부同符하시니

친명파 세력들은 악장에서 황제에게 사용되는 용龍이라는 표현이 나오자 눈살을 찌푸렸다. 하지만 평소와 다른 세종의 위엄에 토를 달 수 없었다.

주변이 웅성거림에도 세종은 흔들림이 없었다.

"악장의 제목은 용비어천가龍飛御天歌라 정하시오!"

세종이 훈민정음을 만들고 처음으로 쓴 최초의 문헌이 『용비어천가』이다. 용비어천가는 공자가 쓴 『시경時經』에 견줄 만한 시가詩歌라는 자신감의 표현이었다.

세종은 다시 정인지에게 명했다.

"용비어천가를 한자로 번역하여 가사와 곡을 붙여 보았소. 이 노래는 백성과 더불어 즐기며 살고 싶은 짐의 마음을 담았기에 여민락與民樂이라 부르면 좋겠소!"

드디어 세종은 훈민정음으로 악가무가 하나인 음악을 완성했다. 신하들이 경의를 표했다. 세종은 어느 때보다 근엄했다.

"짐이 꿈꾸는 태평성대는 백성이 하려고 하는 일을 원만하게 하는 세상이오!"

세종은 수양대군을 찾았다.

"훈민정음으로 석보상절을 쓰느라 고생이 많았다. 어떻게 백성들이 쉽게 읽더냐?"

수양대군이 불교를 접하면서 많은 깨달음을 얻었는지 목소리마저 차분했다.

"예, 아바마마! 경전을 훈민정음의 발음대로 번역하여 훨씬 쉽게 읽힙니다."

신미대사가 세종에게 다가서더니 상자를 열어 보였다. 탁본한 종이와 금속 조각들이 있었다.

"훈민정음을 새긴 금속활자로 찍어낸 월인천강지곡月印千江之曲입니다."

세종의 얼굴에 화색이 돌았다.

"수고했소. 참으로 감회가 새롭소!"

안평대군도 감정이 복받쳐 올라왔다.

"아바마마께서 돌아가신 어마마마의 공덕을 빌기 위해 지으신 찬불가가 아닙니까?"

세종은 순간 가슴이 아련했다.

"월인천강지곡! 수양대군이 쓴 석보상절을 보고 기특하여 가사로써 본 것인데 이렇듯 훈민정음이 금속활자에 아름답게 스며들다니 이제야 금속활자가 어울리는 글자를 만났구나!"

정인지도 크기가 상당히 작지만, 글씨체가 아름다운 금속활자에서 눈을 뗄 수가 없었다.

"하나의 달이 천 개의 강물에 비춘다는 월인천강지곡의 말처럼 하나의 금속활자가 조선의 하늘을 전부 비추는 것 같습니다."

분위기가 무르익는 것을 못마땅하게 바라보던 친명파 명남이 노골적으로 무례하게 굴었다.

"문자 그리고 불교! 모두 황제의 나라인 명나라를 능멸하는 것이요! 당장 거두시오!"

이도신도 말을 비꼬면서 거들었다.

"명나라 황제가 두렵지 않소? 어? 염표 어른께서 가만히 둘 것 같소? 히!"

선을 넘은 명남과 이도신의 말이 이어졌다.

"오랑캐들만이 자신의 문자를 사용한다고 했소! 이제 조선은 미개한 오랑캐요? 히, 히, 히."

화를 잘 내지 않는 세종도 얼마나 노여웠는지 흑룡포의 용이 피를 토해 냈다. 황희와 정인지도 세종이 절규하는 모습에 놀랐다.

"왕이 되어 선조를 찬양하고 백성을 걱정하는 게 눈치 볼 일이더냐? 그리고 남의 나라의 글을 베끼고, 남의 나라에 종이 된 삶을 사는 것은 부끄럽지 않더냐?"

세종의 노여움은 가시지 않았다.

"이들을 당장 밖으로 끄집어내 곤장을 마구 쳐라! 이들의 입에서 다신 명이란 말이 나오지 않을 때까지 쳐라!"

상황을 파악한 명남과 이도신이 애절하게 염표 나리를 찾기 시작했다.

"염표 어른! 염표 나리! 명 황제시여!"

병사들이 밖에서 기다렸다는 듯이 신속하게 이들을 결박하고 곤장을 때리기 시작했다. 궁궐 안에 명남과 이도신의 비명이 그치지 않았다.

"아이고~ 사람 죽네! 으악!"

한참 후에야 궁궐 안이 조용해졌다.

명남과 이도신이 모르는 사실이 있었다. 명나라 조정은 환관들을 몰아낸 문인 세력이 권력을 잡았다. 황제의 권력을 등에 업고 사리사욕을 채우던 환관 염표가 이미 능지처참凌遲處斬을 당했다는 것을 그들은 알지 못했다.

세종은 아직 흥분이 가라앉지 않았다.

"오랑캐들만이 자신들의 문자를 사용한다고 하였느냐? 짐은 자신의 문자를 떳떳하게 사용하는 오랑캐들이 부럽다."

세종은 다시 사자후를 토했다.

"짐은 신숙주를 비롯해 역관들에게 모든 주변 나라의 말을 조선의 새로운 문자인 훈민정음으로 표기하라 명하였다. 이게 무슨 뜻이겠느냐?"

신하들의 머리에서는 단어가 맴돌았지만 아무도 입을 열지 못했다. 그때 세자의 목소리가 조선에 우렁차게 울려 퍼졌다.

"조선도 신하의 나라가 아닌 문자를 거느릴 수 있는 황제의 나라라는 뜻입니다."

"폐하!"

순간 모두 바닥에 엎드려 목청껏 외칠 뿐이었다. 폐하는 황제의 호칭으로 처음이자 마지막으로 조선에 울려 퍼졌다.

1448년, 소헌왕후 묘

수련한 수염에 삼베옷을 입은 젊은이가 듬성듬성 자란 잔디 사이로 붉은 흙이 보이는 무덤을 정성스레 정리하고 있다. 비석의 빛이 바래지고 있었다. 무덤을 지키고 있던 젊은이는 인기척에 뒤를 돌아봤다. 황급히 자세를 고쳐 잡고 허리를 구부렸다.

세종은 산소 옆 움막에서 아내 소헌왕후의 삼년상을 치르고 있는 세자를 찾아갔다. 소헌왕후의 무덤은 아버지 태종 이방원의 무덤 서쪽 언덕에 조성되었다.

"두 해가 넘어가는구나! 몸은 어떠하냐? 종기 때문에 고생이 많다고 들었는데."

세자는 오히려 세종이 걱정되었다.

"아무렇지도 않습니다. 아바마마는 괜찮으신지요?"

평소 효심이 남달랐던 세자는 어머니의 묘를 지키면서 움막에서 왕의 업무를 보고 있었다. 오랜만에 아들의 얼굴을 보고 싶어 세종이 걸음을 한 것이다.

세종이 수척해진 세자를 보면서 말했다.

"너희 할아버지인 태종도 나에게 당부했었다. 고기를 먹어야 힘이 나는 나를 보면서 삼년상을 지낼 때 고기 먹는 것을 허락하셨다. 세자도 몸을 챙기거라!"

세종은 평소 속내를 잘 드러내지 않는 세자를 보면서 아내 소헌왕후가 떠올라 가슴이 아팠다. 살아생전 소헌왕후는 시아버지 태종을 원망했다. 태종은 외척 세력을 견제한다는 명목하에 조선의 개국공신인 소헌왕후의 아버지 심온에게 사약을 내리고, 어머니를 비롯한 형제들은 탐라의 관아 노비로 보내 버렸다.

세종은 깊은 한숨을 쉬었다.

"너의 어미는 모든 원망과 서러움을 오롯이 속으로 삭이며 감내하였다. 지아비로서 할 수 있는 게 없었다. 아버지의 명을 거역할 수 없는 왕의 굴레가 있더구나!"

세자도 인자한 소헌왕후의 모습이 선명했다.

"원망하는 마음조차 다스리기 위해 불당에서 기도하셨던 어마마마의 모습이 선합니다."

소헌왕후가 돌아간 후 세종은 주위의 권유에도 더 이상 왕비를 두지 않았다.

"내 이리도 모질게 훈민정음 창제에 전념할 수 있었던 것은 오로지 네 어미의 인내 덕분이다. 내가 죽거든 이 무덤에 같이 합장해다오!

내게 할 말이 많을 것이다."

세종은 소헌왕후를 깊이 존경했다. 세자는 소헌왕후의 고운 성품을 닮은 아들이었다. 세종은 이러한 세자가 항상 든든했다. 하지만 가족으로서 따뜻한 말을 건네기가 쉽지는 않았다. 아버지의 마음을 아는 세자는 묵묵히 세종의 뜻을 따를 뿐이었다.

잠시 침묵이 길어지자 세자가 조심스레 다른 얘기를 꺼냈다.

"조선이 황제를 빙자한다며 명나라에서 단단히 벼르고 있다고 들었습니다."

세종은 담담하게 말을 받았다.

"이미 생각했던 바이다! 왕위를 물려받고 삼십 년간 명나라의 눈치를 봤으면 충분하다. 지금보다 더 비참하겠느냐? 내 너에게만은 이런 조선을 물려주고 싶지 않은데 시간이 얼마 남지 않은 듯하구나!"

세자는 쇠약해지는 세종을 보면서 힘겹게 물었다.

"조선의 운명은 어떻게 될까요?"

세종은 먼 산을 바라봤다.

"백성들이 글자를 읽을 수 있다면 세상에 눈을 뜰 것이다. 그렇다면 어떠한 국난이 닥쳐와도 똘똘 뭉쳐 조선을 지켜낼 수 있다. 바로 그 시작이 훈민정음에서 비롯될 것이다."

세종이 과거를 곱씹었다.

"어려서부터 사서오경을 비롯해 공자의 책을 많이 읽어 배운 것 역시 많았다. 그런데 읽을수록 무언가 가슴이 답답하더구나!"

가슴을 움켜쥐고 헛기침하는 세종을 세자가 걱정스럽게 쳐다봤다. 세종이 잠시 숨을 고르고 그때 느꼈던 심정을 털어놓았다.

"공자가 늘 얘기하던 음악으로 나라를 다스려 태평성대를 이뤄야 한다는 말이 참 모순적이었다. 명나라의 태평성대를 위해 조선의 백성들은 희생되어야만 했다."

세종은 서교에서 공녀들과 내시들을 보낼 때 모두 눈물을 흘리던 모습이 생각나 잠시 먼 하늘을 쳐다보았다. 곧이어 혼자 푸념했다.

'백성을 지키지 못하는 왕이란 무엇이더냐?'

세종이라 할지라도 명나라와의 군신 관계는 피할 수 없었다. 세자가 세종의 마음을 대신해 명에 대한 불만을 토해 냈다.

"말이 좋아 군신 관계이지, 조선 백성들에게는 비극입니다. 명나라에서 해마다 말과 공녀, 환관들을 말도 안 되게 요구해 조선땅에서 젊은 사람들을 찾아볼 수가 없습니다."

조선에게는 명나라의 존재 자체가 골칫거리였다. 세자는 염표가 세종에게 저지른 만행이 떠올라 참을 수 없다는 듯이 격앙된 목소리로 말했다.

"염표가 조선에 와서 부린 횡포는 어떠했습니까? 심지어 아바마마를 신하들 앞에서 얼마나 욕보였습니까?"

염표는 원래 조선인으로 명나라에 억지로 끌려가 환관이 된 인물이었다. 거세의 충격으로 말을 더듬게 되어 벙어리처럼 지냈다. 이후 그는 궁내의 비밀을 누설하지 않을 환관으로 명나라 황제의 신임을 얻게 되었다. 염표는 명의 사신으로서 자신을 버린 조선에 대한 분풀이로 조선의 왕 세종에게 온갖 모욕을 줬다.

'과하지욕 胯下之辱 (바짓가랑이 사이를 기어가는 치욕)'

염표의 온갖 행패에도 세종은 화를 내지 않았다.
"조선의 백성들을 사지로 내몬 왕으로서 할 말이 있겠느냐."
세자는 모든 수모를 당하면서도 백성을 걱정하는 세종을 보면서 숙연해졌다.
"아바마마의 마음을 어찌 제가 헤아리겠습니까?"
세종은 조선 출신 후궁과 궁녀들이 명나라 황제를 따라 순장(산 채로 무덤에 매장)되었다는 소식을 접했을 때 그 충격이 특히 컸다. 그들의 왕인 자신 스스로를 용서하기 힘들었다.
"군신 관계를 강조하는 유학 사상이 국가 간에 다 옳다고 할 수 없다. 먼저 조선이 강해야 한다는 생각이 들었다."
누구보다 세종을 이해하는 사람이 세자였다.
"그래서 천문학을 연구해 농사를 지어 군량미를 비축하고, 병법, 신기전, 화약 총포를 만들어 군사력을 강화하라 말씀하지 않으셨습니까?"
세종의 입술은 이미 검붉게 변했다.
"그때 나는 결심하였다. 다시는 내 백성들을 사지로 몰지 않겠다고. 그래서 신하의 나라가 아닌 황제의 나라인 조선에서 내 백성들을 떳떳하게 살게 만들겠다고 다짐했다. 지금 조선에 필요한 것은 명나라를 따르는 사대주의가 아니라 백성을 따르는 민본주의이다."

세종은 조선의 큰 그림을 그리기 위해 모든 수모를 홀로 감당했다. 그래서 화를 내는 일이 없었다.

'남이 나를 알아주지 않아도 노여워하지 않음이 또한 군자가 아니겠는가?'

정인지가 무겁게 입을 열었다.

"내불당을 들인다고 했을 때 전하의 깊은 뜻을 헤아리지 못해 송구스럽습니다. 고려의 역사를 올바르게 잡으라고 명을 내리신 연유를 이제야 알겠습니다."

조선에서는 고려 건국의 '왕씨'에 대한 학살이 이루어졌다. 공양왕을 포함해 여자와 아이도 그 대상을 가리지 않을 만큼 참혹했다.

세종은 후회스러웠다.

"조선 건국의 정당성을 위해서는 고려의 정체성을 부정해야 했소!"

정인지도 고려의 흔적을 없애기 위해 방대한 고려 실록들을 없앤 기억이 다시 피어올랐다. 조선은 검은 연기로 몇 달간 하늘에서 검붉은 비가 내렸다.

세종은 복잡한 감정에 눈썹이 바르르 떨렸다.

"나는 부러웠소! 아무리 고려를 황제국이 아닌 제후국이라고 역사를 왜곡했지만 감출 수 없었소. 고려는 고구려를 계승한 떳떳한 황제국이었음을!"

세종은 강원과 바티칸에 다녀온 윤나강, 아랍에 다녀온 권재, 인도에 다녀온 주안 등에게 항상 들었던 얘기가 있었다.

'corea' 고려!

나라는 사라졌지만, 대부분이 기억하는 조선의 명칭은 '고려'였다. 조선은 단지 명의 부속국이었다.

세종은 지긋이 눈감으며 읊조렸다.

"고려가 몽골족을 몰아내기 위해 왕족들과 백성들뿐만 아니라 승려들도 하나가 되어 목숨을 바쳐 끝까지 항쟁한 보상이오! 그러나 지금 조선은 어떠하오? 단지 명의 눈치만을 보고 있는 내 모습이 부끄럽소!"

정인지가 세종의 마음을 헤아렸다.

"그것이 어찌 전하의 탓입니까?"

세종은 약간 격앙된 목소리로 한 문장을 천천히 뱉었다.

※

우리 동방은 예로부터 중국의 풍속을 숭상해

예악 문물을 모두 거기에 좇고 있으나,
풍토와 인성이 다르므로 반드시 같이할 필요는 없다

잠시 세종이 숨을 골랐다.

"누구의 말인지 대제학은 아시오?"

정인지가 『고려실록』를 재건하면서 많이 봤던 구절이었다.

"고려를 건국한 왕건이 쓴 훈요십조에 나온 구절입니다."

세종의 입술이 격렬하게 떨렸다.

"고구려를 계승한 고려는 주체성을 강조하였소! 그러니 온 백성들이 나라에 어려움이 닥치면 제 일처럼 발 벗고 나서지 않겠소?"

정인지도 소문에 들은 바가 있어서 말을 꺼냈다.

"자기 자식인 딸과 아들을 매번 명나라에 바치는 비극을 가만히 바라볼 수밖에 없는 지금의 현실보다 끝까지 싸움을 택한 고려를 그리워하는 백성들이 많아지고 있다 들었습니다."

조선은 사대부와 백성을 하나로 뭉치기 위해서 새로운 역사관이 필요했다.

세종은 마침내 눈을 뜨고 정인지를 바라봤다.

"어떻게 고려의 역사 편찬은 잘 진행되고 있소?"

세종이 중요한 일에 정인지를 책임자로 둔 이유는 그가 수재이기도 했지만, 성격이 유연해 사람들과 잘 어울린다는 점이었다.

정인지가 아뢰었다.

"신미대사와 스님들의 도움으로 자료들을 많이 모았습니다. 몇 년 안에 완성이 될 것입니다."

세종은 지긋이 정인지를 쳐다봤다.

"고려역사를 편찬하는 게 대제학의 마지막 임무이오! 조선에 어떤 일이 일어나도 끝까지 완수해야 하오. 그 고려의 주체성 위에 조선의 역사를 다시 쓸 것이오!"

정인지가 깊게 허리를 숙여 의지를 표현했다.

"어떠한 일이 있어도 완성하겠습니다. 그러나 전하……."

세종은 머뭇거리는 정인지를 재촉했다.

"항상 직언直言하던 대제학이 말을 아끼다니 무슨 일이오? 허심탄회하게 얘기하시구려!"

정인지는 힘겹게 입을 열었다.

"명남과 이도신의 죽음으로 명나라의 보복이 세자를 향할까 걱정됩니다."

세종은 단호하게 대답했다.

"조선의 왕세자로 감당해야 하는 일이오! 조선 백성의 비극을 끝내기 위해서는 어떠한 희생도 감수해야 하오! 그것이 한 나라의 군주가 된 도리오!"

세종은 조선의 왕으로서 아들인 세자의 안위보다 백성을 선택할 수밖에 없었다.

세종은 세자와 무언의 눈빛을 주고받았다.

"파스파 문자를 아느냐?"

아버지를 따라 책을 많이 읽은 세자였다.

"예, 원元나라의 쿠빌라이 칸이 한자음을 표기하기 위해 승려 파스파에게 명하여 만든 몽골어로 알고 있습니다."

세종은 쿠빌라이를 떠올렸다.

"그 글자가 그렇게 부러웠다!"

세자도 쿠빌라이와 고려의 원종이 만나는 그림을 본 적이 있었다.

"쿠빌라이는 항상 고려를 각별히 대하라는 유언을 남겼다고 들었습니다."

어느새 여러 방면에 막힘이 없는 세자를 보면서 세종은 더욱 목소리에 힘을 실었다.

"쿠빌라이가 중국을 다스리기 위해 만든 문자이다. 새로운 나라를 만드는 게 끝이 아니다. 결국 문자가 세상을 다스리게 된다는 뜻이다. 본디 조선은 작은 나라로 천하를 아우를 수 있는 유일한 방법은 글자뿐이라 생각하였다."

세자에게 세종은 쿠빌라이보다 더 위대한 황제로 보였다. 세종도 자신을 보는 세자의 마음이 느껴졌다.

"내 거문고 연주를 즐겼던 연유를 아느냐?"

세자가 침착하게 대답했다.

"모든 악기의 왕이기 때문이 아닌지요?"

정인지도 아뢰었다.

"전에 연주하실 때마다 거문고에서 고구려의 기백이 느껴진다고 하셨습니다."

세종은 자신도 모르게 중얼거린다는 것을 몰랐다.

"술대로 현을 튕길 때마다 거문고 머리에서 용이 소리를 토해 내고, 거문고 바닥에서는 봉황이 꼬리를 파닥거리며 날아오르려 했소. 그런데 결국은 날지 못하고 매번 거문고 안으로 사라지는 환영을 보았소."

세종의 손과 이마에는 땀이 맺혀 있었다.

"그 환영이 반복되면서 깨달았소. 이 거문고의 소리로 백성들의 글자를 만드는 것이 내게 주어진 과업임을 느꼈소. 고구려의 기상을 품고 어디든 훨훨 날아갈 수 있는 그런 글자 말이오!"

잠시 엄숙했던 세종은 백성들을 생각하니 입가에 옅은 미소가 번졌다.

"백성들은 매일 음악을 하는 것이나 마찬가지요. 따로 악기도 필요 없소. 발성기관이 곧 악기가 되니 말이오. 공자가 얘기한 음악으로 세상을 다스린다는 말이 바로 이것 아니겠소? 내 죽어서도 조선의 백성들이 태평성대를 누리는지 꼭 지켜볼 것이오!"

어느새 해가 저물고 있었다. 오랜만에 세종은 마음에 두었던 얘기를 허심탄회하게 털어놓았다. 세자는 묘에서 소헌왕후가 봉황이 되어 하늘로 날아가는 환영을 보았다.

가운뎃소리 十五 종묘제례악

1449년, 경복궁 근정전 마당

조선의 들판은 수확을 앞둔 농작물의 황금빛으로 물들었다. 흥이 난 백성들의 노랫소리에 기러기들의 날갯짓마저 여유로웠다.

세종은 궁궐 처마 밑에서 막대기 하나를 들고 땅을 치면서 박자를 맞췄다. 가끔 팔을 들고 흔들었다. 혼자 왔다 갔다 하는 이상한 동작을 반복하고 있던 세종에게 영의정 황희가 아뢰었다.
"전하! 훈민정음이 반포되고 관리들을 비판하는 전단지가 돌고 있어 사대부들의 불만이 커지고 있습니다."
황희는 벽보에 붙어 있던 전단지를 세종에게 건넸다.

하정승은 나랏일을 망령되게 하지 말라!

　심각한 표정의 황희와는 반대로 전단지를 본 세종의 얼굴은 편안했다.
　"짐에 대한 비방은 없소? 하, 하, 하."
　이제 80세가 넘은 황희의 쇠약해진 모습은 마치 자신과 같아 보였다. 세종은 황희를 향해 말을 이었다.
　"조선은 신분이 아닌 능력이 있으면 관직을 주었소. 자기 생각을 소신껏 얘기하란 뜻이요. 지난날의 강원은 어떠했소? 하하하."
　세종은 친명파 신하들이나 명나라 사신들에게도 거침없이 부당함의 목소리를 높였던 강원이 떠올랐다.
　"이것이 조선의 미래요! 그리고 훈민정음을 만든 이유요!"
　세종은 황희와 대화하느라 수양대군과 박연 그리고 혜인이 옆에서 인사를 올리는지도 몰랐다.
　세종이 박연과 혜인을 보더니 기다렸다는 듯이 물었다.
　"그래, 정리하였소?"
　박연이 혜인에게 눈치를 주자 혜인은 두루마리를 세종에게 넘겼다. 두루마리를 펼쳐보니 우물 정 '井' 모양의 사각형 안에 황종, 태주 등 음의 기호가 가득했다. 박연이 아뢰었다.
　"전하께서 말씀하신 대로 정리하였습니다. 용비어천가와 여민락의 시가時價도 악보에 넣었습니다."

수양대군은 그동안 모습을 감췄다가 갑자기 나타나 '악보'를 내미는 박연을 보고 너무 놀랐다.

"악보라니요?"

오랜만에 보는 박연의 얼굴은 밝았다.

"월인천강지곡도 악보에 적었습니다."

세종의 얼굴에 화색이 돌았다.

"훈민정음의 마지막 단계이다."

수양대군이 의아했다.

"이미 훈민정음을 반포하지 않았습니까?"

세종은 크게 고개를 저었다.

"아니다! 글자는 금속활자에 새기고, 음악은 악보에 새겨야 영원히 간직할 수 있다. 그리고 중국의 악보로는 우리의 음악을 담을 수 없어 새로운 악보를 만들었다."

박연이 『정간보』를 들어 보였다.

"전하께서 음을 기록하는 방법도 중국과 달라야 한다면서 전하께서 이 악보를 친히 고안하시고 마무리는 저에게 맡기셨습니다."

박연은 이도신이 황종율관과 편경을 부수는 것을 보며 심경의 많은 변화가 있었다. 특히 향악에 관심을 두기 시작했다.

세종의 머릿속으로 박연과 같이 조선의 음악을 고민했던 시간이 빠르게 스쳐 지나갔다.

"그대는 내가 아니었다면 음악을 짓지 못했을 것이고, 나도 그대가 아니었다면 역시 음악을 짓기 어려웠을 것이요!"

혜인이 옆에서 거들었다.

"중국 악보는 음의 높낮이를 모두 한 박자로만 표현할 수 있습니다."

음악에 소질이 많은 수양대군이 놀라면서 맞장구를 쳤다.

"그렇다면 이 정간보는 음의 높낮이와 음의 길이를 모두 표현할 수 있는 동양 최초의 악보입니다."

세종은 박연에게 정간보의 완성을 맡겼다.

"정간보의 부호는 훈민정음의 모양을 활용하여 쉽게 만들어야 하오!"

박연의 표정은 훨씬 여유가 있었다.

"예, 전하! 훈민정음의 모양뿐만 아니라 훈민정음의 기획 원리를 적용하여 정간보에도 획을 그어 음의 높낮이를 알 수 있게 했습니다. 그리고 음계는 궁상각치우 대신 향악에 사용하는 중임무황태를 사용하였습니다."

세종은 흡족하여 박연을 치하했다.

"내 훈민정음에도 향악의 음계인 중임무황태를 쓰고 싶었소! 하지만 명나라의 의심을 피하려면 중국의 궁상각치우를 쓸 수밖에 없어 아쉬웠소. 그런데 조금이나마 내 마음의 짐을 덜어 주었구려."

박연의 목소리가 한층 높아졌다.

"정간보는 중국 악보와 구성 자체가 다릅니다. 그래서 아악의 음계 궁상각치우를 따를 필요가 없습니다. 그리고 향악을 좋아하던 맹사성 나리에게 보내는 제 사죄의 마음이기도 합니다."

세종은 넉살 좋게 웃는 맹사성이 갑자기 그리웠다.

세종은 맹사성, 박연 그리고 강원과 밤늦도록 조선의 음악에 대해 경연하던 날들이 생생하게 떠올랐다.

"그대들이 아니었다면 조선의 음악은 진작에 없었소! 좋은 벗이 되어 주어 고마웠소!"

영의정 황희의 하얀 수염이 가늘게 떨렸다.

"혹시 전하께서 경연을 그리 좋아하신 연유가?"

황희의 말이 끝나기 전에 세종은 크게 웃었다.

"훈민정음을 만드는 데 책만으로 부족하니 어찌하겠소? 조선에 이리 뛰어난 인재들이 많은데 가만히 둘 수 없잖소! 경들의 말이 아름다웠소! 하, 하, 하!"

수양대군은 세종이 막대기를 들고 있는 이유가 궁금했다.

"아바마마! 막대기를 들고 무엇을 하십니까?"

잠깐 세종은 자신이 하던 일을 잊고 있었다.

"잠시 봐 줘야 할 것이 있다. 우리 조상들이 평상시 쓰던 음악으로 제례악을 만들고 있던 참이다."

박연이 이제야 악보를 기록하는 혜인을 데리고 입궐하라는 연유를 알게 되었다.

혜인은 정간보를 펴고 음을 적을 준비를 했다. 세종은 막대기를 하늘로 들더니 '쿵~' 한 박자를 내리치면서 말을 했다.

"먼저 왕의 업적을 문文과 무武로 구분할 수 있다. 거문고의 문현은 문을 표현한 것처럼, 선조의 문덕을 찬양한 보평대이다."

"덩~, 기~, 덕, 쿵~ 더럭~!"

소나무의 기개처럼 차분하면서 묵직한 거문고의 모습과 닮은 박자였다.

"거문고의 무현은 무武를 표현하는 것이니, 선조의 무공을 찬양하는 정대업이다!"

'더 러 럭~ 기 쿵!'

날카로운 검이 바람을 뚫고 거목을 한번에 쓰러뜨리는 것 같았다. 세종은 연주뿐만 아니라 노래 그리고 안무까지 하루 만에 모든 것을 완성했다.

세종의 작아지는 춤사위에 조선 초목도 가늘게 흐느끼고 있었다.

1461년, 종묘

1450년 세종은 이 음악을 남기고 승하했다. 1452년 세종의 묘를 지키던 세자 문종도 갑자기 종기가 심해져 사망했다. 문종의 죽음은 아직도 의문투성이다. 문종의 아들 단종마저 수양대군의 계유정난으로 폐위되고, 안평대군은 암살당했다. 다시 혈육 간에 피비린내가 조선 왕실에 진동했다. 결국 수양대군이 세조라는 칭호로 왕위에 즉위했다.

거대한 고요함이 머문 곳, 사람들의 인기척에 종묘의 선조들이 깨어나고 있었다. 종묘 앞마당에는 붉은 옷을 입은 사람들이 즐비했다.
세상을 이루는 여덟 가지 재료인 금金, 석石, 사絲, 죽竹, 포匏, 토土, 혁革, 목木으로 이루어진 악기들이 들어섰다.
호랑이가 새겨진 타악기인 '어'와 '편종', 가장 큰 북 '진고', '장구'와 '축', '편경' 등이 자리를 잡았다. 가야금과 거문고 뒤로 당피리, 아쟁, 대금, 해금, 정중앙에는 절고라는 북이 위치했다. 종묘의 왼쪽에는 춤을 추는 사람들도 붉은 옷을 입고 있었다.

때~앵, 척 척 척, 쿵~,
때~앵, 척 척 척, 쿵~,
때~앵, 척 척 척, 쿵~!

특종 한 번, 축 세 번, 절고 한 번! 이렇게 세 번이 반복되자, 합주가 시작되었다.
하늘에 응하는 등가登歌, 북두칠성이 지상을 가리키는 헌가軒歌, 사람을 상징하는 일무佾舞가 펼쳐졌다. 세종이 만든 악가무樂歌舞가 어우러졌다.

하얀 곤룡포를 입은 세종은 종묘 중앙에서 서서히 떠오르다 지붕 위 공중에 가부좌를 틀고 앉았다. 무릎 위로 검은색의 거문고가 자리를 잡았다. 조용히 왼손을 괘 위에 얹고, 오른손을 하늘 위로 뻗자 붓 모양의 술대가 손에 들어왔다. 술대를 쥔 오른손을 밑으로 힘차게 내리치니 조선의 음악이 방방곡곡으로 퍼졌다. 훈민정음이 연주되었다.

'ㅂ~', 'ㅈ~', 'ㄱ~'. 'ㄷ~', 'ㅎ~'

　세종의 왼손과 오른손의 술대가 더 심하게 현을 요동치자 세종은 서서히 검은 용의 형상으로 변하여 종묘 위로 승천했다. 그동안 베일에 가려졌던 훈민정음의 비밀이 풀렸다.

　세종이 작곡한 이 새로운 음악은 종묘제례악으로 우리의 전통음악인 향악을 토대로 만들어졌다. 중국의 아악만을 고집하던 신하들의 반발로 부딪혀 안타깝게 세종 때는 연주되지 못하다 세조 때 종묘에 울려 퍼졌다.

　'백성들이 황제의 나라에서 살기를 염원했던 세종의 음악이 들려오는 듯하다.'

끝소리

종묘제례악은 오늘날 세계 유네스코에 등재된 우리나라 제1호 국가 무형문화재이다. 『훈민정음해례본』도 세계 유네스코에 등재되어 있다. 그러나 『훈민정음』 자체가 선정된 것은 아니다.

"앞으로 언문을 가르치지도 말고 배우지도 말며, 이미 배운 자도 쓰지 못하게 하며, 알고도 고발하지 않는 자는 이웃 사람을 아울러 죄를 물어라."

1504년 연산군은 자신을 비방하는 백성의 대자보를 보고 훈민정음을 탄압했다. 당시 연산군의 광기는 극에 달했으며 결국 훈민정음과 관련된 수많은 책과 활자들이 사장됐다.

이후 1900년대 초, 일제 강점기 조선어 말살정책이 시작되고, 외국

선교사들이 훈민정음을 서양식 표준 음운체계로 전환하면서 많은 왜곡이 있었다.

훈민정음의 조음위치와 음ㅎ의 위치를 결정짓는 글자인 '반시옷(ㅿ)', '여린히읗(ㆆ)', '옛이응(ㆁ)' 그리고 모음의 핵심인 '아래아(ㆍ)'가 사라졌다. 이는 훈민정음이 '음악'으로 만들어진 독보적인 원리를 퇴색시킨 것이다.

1940년 『훈민정음해례본』이 안동에서 발견되고, 조선어학회가 우리말 사전을 편찬하면서 어느 정도의 의혹은 바로 잡혔다. 그러나 지금도 훈민정음은 단지 한자음의 발음을 표기하기 위해 범어를 모방한 문자로 치부되고 있다.

2021년 6월, 인사동 한 민가로 추정되는 곳에서 세종대왕 때 제작한 훈민정음의 금속활자, 독자적 천문시계 일성정시의 부품 그리고 당시의 신무기였던 화약과 총통이 발견되었다. 훈민정음의 제자원리에 대한 논쟁이 많은 지금, 세종대왕의 흔적들이 다시 발견된 것은 훈민정음을 제대로 해석하기를 바라는 세종대왕의 마음이 아니겠는가?

훈민정음이 음악의 원리를 품고 있다면 훈민정음은 한국을 넘어 더 이상 논쟁이 필요 없는 세계인을 위한 유산이 될 것이다.

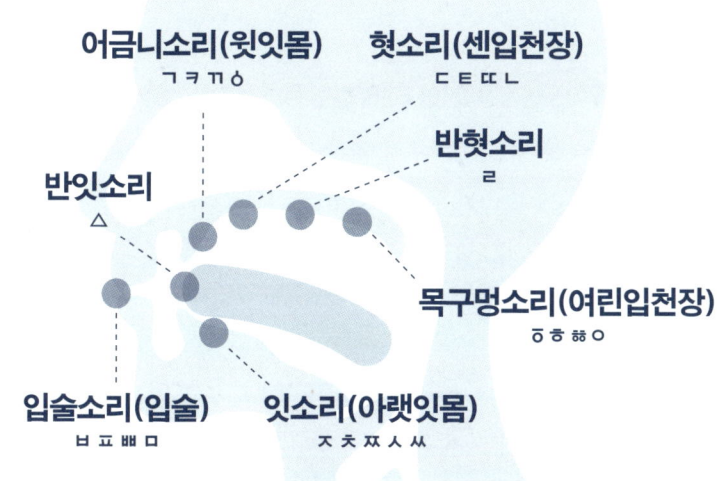

훈민정음을 물려받은 우리는 언어의 세계화 추세에서 훈민정음의 독창적인 원리를 소중하게 보존할 의무가 있다. 그 첫걸음으로 우리말이 한자화되는 일을 막고자 노력한 세종대왕의 비판적, 자주적 사고방식을 되짚어 봐야 한다. 그리고 세계로 뻗어나가는 한류의 중심에 '훈민정음'이 있음을 명심해야 한다.

『궁상각치우: 훈민정음을 연주하다』는 훈민정음이 '음악'으로 만들어졌음을 강조하였다. 이는 훈민정음이 단지 글자에서 머무는 게 아니라 골프와 같은 입체적인 몸의 움직임까지 적용할 수 있음을 의미한다. 한국의 K팝 가수를 비롯한 비보이들이 세계 무대를 휩쓰는 게 우연이 아닐 수 있다.

아직 우리는 세종대왕의 뜻을 전부 헤아리지 못했다.

마지막으로 『궁상각치우: 훈민정음을 연주하다』를 소설로 쓰기를 권유한 차영민 작가님과 이 소설이 세상에 빛을 보게 해준 역바연 출판사의 공정범 대표님과 역사바로잡기연구소 황현필 소장님에게 깊은 감사를 드린다.

2023년 05월 15일

강상범

주석

1. 집현전 학자들이 해석한『훈민정음』관련 대화와 궁서체 구절은 다음에서 인용하였다.
   이영호 저,『훈민정음해례본』

2. 제1장에 예기와 악기에 관련된 궁서체 구절은 다음에서 인용하였다.
   한홍섭 저,『예기, 악기』

3. 제1장에 왕산악이 거문고 만든 시기를 광개토대왕(374년 ~413년)으로 정한 이유는 다음과 같다.
   문헌적으로『동국통감』에는 고구려 양원왕(재위: 545년~559년)으로 기록되어 있으나 김부식의『삼국사기』에 의하면 칠현금을 보낸 진晋나라를 동진東晋(316년~419년)으로 볼 경우,

약 4세기로 추정할 수 있다. 이 당시 진나라를 위협할 만큼 고구려의 위상이 가장 높았던 시기를 광개토대왕 재위할 때로 추정하였다.

4. 제2장 '궁상각치우'에 해당되는 다섯 율관을 지정하는 방법은 다음을 참고하였다.
   럼정권(1996) 역, 『악학궤범』
   'sillokwiki'

   "삼분손익법에 의해 먼저 산출된 다섯 음 황종, 임종, 태주, 남려, 고선이 배열 순서에 따라 궁상각치우의 각 음계에 해당된다."

5. 제4장 '봉희棒戱' 관련 내용은 다음을 참고하였다
   이진수(1991),「국내 최초의 골퍼는 세종대왕이었다」, 한국스포츠학회

6. 제4장 『율려신서』을 비롯한 대부분의 중국 운서는 목구멍소리를 궁宮, 입술소리를 우雨로 두어 오음 순서가 '우상각치궁羽商角徵宮'이다. 이는 세종대왕과 반대이며 다음을 참고하였다.

황종율관

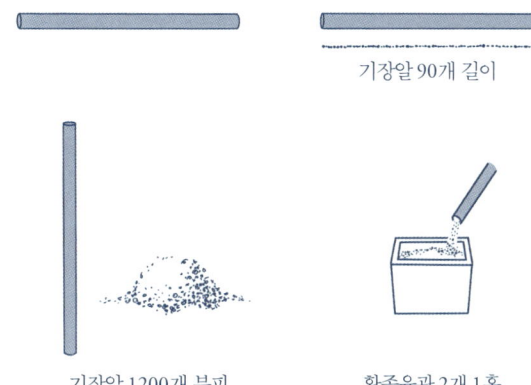

기장알 90개 길이

기장알 1200개 부피   황종율관 2개 1홉

십이 율관

응종
무역
남려 우
이칙
임종 치
유빈
중려
고선 각
협종
태주 상
대려
황종 궁

최종민(2013), 『훈민정음과 세종 악보: 훈민정음은 음악이다』, 65p

7. 제4장 조선시대 공법에 관한 구절은 『세종실록』(세종 12년 8월 10일)에 나온 내용을 참고하였으며, 백성의 의견을 토대로 고안된 공법은 조선 최초의 국민투표로 탄생하였음을 알 수 있다.

"1430년 3월 5일~8월 10일 5개월간 전국에 걸쳐 조세제도에 관해 백성들에게 찬반을 묻는 여론조사가 이루어졌다. 그 결과 찬성: 98,657명, 반대: 74,149명이다."

8. 제5장에 라틴어 발음에 관련된 내용들은 현재 사용하는 국제음성기호IPA의 체계에 빗대어 얘기하였다.

9. 제5장 인체 구강 비율(해부학적으로 입술에서 여린입천장[연구개]까지) 8cm, 여린입천장에서 성대까지 16cm, 황종율관을 삼분손익법에 의한 궁과 우의 율관 비율(81:48)은 다음을 참고하였다.
한태동(1998), 『세종대의 음성학』,
이후영(2011), 『율려신서』
(1촌寸=약3cm, 1척尺=약30.3cm.)

10. 제6장 한국의 말은 삼분법이라는 구절은 「우리문화신문」에서 실린 진용옥 명예교수의 의견을 인용하였다.

　　 "원시 한국어는 삼분법이었다. 이것이 온 세상으로 퍼져 나갔는데 기원전 500년 산스크리트어(범어) 문법학자 파니니가 산스크리트어를 2분법으로 왜곡했다. 이후 이 이분법이 세상의 모든 언어의 문법이 되었다."

11. 제8장 '거문고 부호와 주법'은 다음을 참고하였다. 단, '살갱'을 구분하기 위해 'ㄱ'의 부호를 '쌀갱'으로 표현하였다.
　　 럼정권(1996) 역, 『악학궤범』 6권
　　 '나무위키' 및 동영상(우리 악기 톺아보기, 거문고 편)

12. 제8장 '칠음의 운韻은 서역으로부터 생겨서 하夏나라 때 모든 나라로 유입되었다.' 구절은 다음을 참고하였다.
　　 정초, 『통지』, 「칠음략」

13. 제8장 '사성칠음'을 적용한 이유가 다른 나라의 말을 잘 표현하기 위함이란 구절은 신숙주의 문집인 『보한재집』에 수록된 다음 구절을 참고하였다.

"상감(세종)께서 우리나라 음운이 한어와 비록 다르나, 그 아설순치후, 소리의 청탁, 성조가 한어와 마찬가지로 다 갖추어져 있어야 한다고 하셨다."

14. 제8장의 'ㅅ'의 위치와 모양은 이영호 저, 『훈민정음해례본』 97p에서 '소리의 청탁'과 '사성'에 관한 구절에서 유추된 것이다.

"ㅇ, ㄴ, ㅁ, ㅇ, ㄹ, ㅿ은 맑지도 탁하지도 않은 소리(불청불탁)이고, 'ㅅ'은 모두 맑은소리(전청)이다."
"맑지도 탁하지도 않은 '불청불탁'의 소리를 끝소리에 쓰면 평성, 상성, 거성은 되지만 입성은 되지 않는다."

칠음의 조음위치를 나타내는 자음 중에 'ㅅ'만 '전청'과 '입성'으로 다르게 분류된 점이 특이하다. 그 이유로 소리를 낼 때 혀의 위치를 들 수 있다. 'ㅅ'은 다른 글자들처럼 소리가 거세지 않지만 혀끝이 아랫잇몸에 놓여 있어 구강으로 소리가 난다.
반면 다른 글자들은 발음할 때 혀가 구강을 막고 있어서 소리가 비강으로 난다. 그래서 입성이 되지 못하는 '불청불탁'인 글자가 된 것으로 보았다.

15. 제9장 『악학궤범』은 성종 24년(1493)에 편찬된 것이지만, 거문고의 관련 내용과 부호는 세종대왕 당시의 음악 이론도 담고 있어 훈민정음 이전의 고서古書로 표현하였다.
최종민(2013), 『훈민정음과 세종악보』, 250p 인용

16. 제9장과 제14장에 이순지가 일식이 일어날 시간을 예측한 것은 다음에서 인용하였다.
『칠정산외편 정묘년 교식가령』

"음력 8월 1일 신정 3각 50초에 일식이 일어날 예정이다."

이를 지금의 시간으로 환산하면 '오후 4시 50분 27초'로 2~3분간의 오차 정도로 일식 시간을 매우 정확하게 예측하였다. 이는 다음을 참고하였다.
EBS 역사채널 e, The history channel, '조선의 시간'

17. 제11장 '임금과 새끼용이 즐겁게 일했다.' 구절은 다음을 참고하였다.
임홍빈(2008), 「訓民正音 創製와 관련된 몇 가지 問題」, 163pp~195pp, 한국학중앙연구원

18. 제12장 '훈민정음에 천문을 담았다.' 구절은 다음을 참고하였다.
    이상규 저 『명곡 최석정의 경세 훈민정음』, 281p

    "신 최석정이 삼가 살펴보건대, 임금이 지으신 언문 28자는 곧 별자리를 펼친 형상이다."

    최석정(1646~1715)이 밝힌 훈민정음의 자형이 별자리에서 기원했다는 타당성을 고증할 근거는 없지만, 최석정은 당시 9차 마방진을 푼 수학자로 유일하게 세종대왕과 똑같이 기본자음(ㄱ, ㄷ, ㅂ, ㅈ, ㆆ)과 '궁상각치우' 순서를 제시했다는 점에서 훈민정음이 천문을 담았을 것으로 추정하였다.

19. 제12장 "조선의 1년 주기는 365.242188입니다."
    『칠정산외편』에서 계산한 지구의 공전주기는 오늘날 지구의 공전주기와 비교하면 오차가 단 1초이다. 이는 『칠정산외편』보다 100년 후 지동설을 주장한 코페르니쿠스의 365.2425보다도 더 정확한 수치이다(나무위키).

20. 제12장 『황극경세서』에 자회, 축회, 인회에 관련된 대화는 다음을 참고하였다.

김유범(2020) 외, 『대한민국이 함께 읽는 훈민정음해례본』

21. 제12장 '혼일강리역대국도지도混壹彊理歷代國都之圖'의 대사성 권근의 발문은 다음을 참고하였다.
EBS 역사채널e, The history channel, '조선이 그린 세계'

22. 제13장 '용비어천가' 관련 궁서체 구절은 다음을 참고하였다.
조규태(2007), 『용비어천가』
'나무위키'

23. 제3장, 제14장 '조선의 시대적 상황'은 유튜브 「역주행의 조선왕조실록, 세종」 편과 이 책의 전반적인 조선과 세종의 업적은 유튜브 「황현필 한국사, 조선」 편을 참고하였다.

부록 一

본문에서 밝히지 못한 『훈민정음해례본』의 내용에 대한 저자의 견해이다.

세종은 『훈민정음』을 반대한 신하들에게 다음과 같이 말했다.
"너희가 운서韻書를 아느냐?
사성칠음四聲七音의 자모字母가 몇이더냐?"
『훈민정음』 원리의 진위를 따지려면 『훈민정음해례본』에 '사성칠음'의 예시로 든 글자들을 정확히 발음할 수 있어야 한다.

1. 'ㅋ'과 'ㄲ'의 발음은 혀의 가장자리가 윗어금니를 누르는 강도에 따라 가획이 된다. 그 원리는 'ㅌ'과 'ㄸ'와 같다.

2. 'ㅁ'은 입술을 앞으로 약간 내민 모양, 'ㅂ'은 'ㅁ'에서 윗입술

을 아래로 누른 모양, 'ㅍ'은 'ㅁ'에서 양 입술을 위아래에서 누르는 형상이다. 즉 입술을 누르는 압력에 따라 가획이 된다.

3. 『훈민정음해례본』의 「해례」에는 ㆁ의 'ㅊ', 'ㅎ'의 꼭지는 다른 의미라고 쓰여 있다.

   "'ㅈ'에서 'ㅊ', 'ㅇ'에서 'ㆆ', 'ㆆ'에서 'ㅎ'이 되는데 그 소리에 획을 더한 의미는 모두 같지만, 오직 'ㆁ'만은 다르다."

   옛이응의 꼭지는 직접적으로 혀가 윗어금니에 닿아있는 모양이지만 'ㅊ'과 'ㅎ'의 꼭지는 간접적으로 아랫잇몸과 입천장을 누르는 압력에 의해 혀가 압력으로 혀끝과 혀뿌리가 일직선이 되었다는 표현이다.

4. 'ㆅ'의 견해이다.
   된소리를 만들 때 훈민정음 「해례」에 모두 세종대왕이 제시한 'ㄲ', 'ㄸ', 'ㅃ', 'ㅉ' 기본자음을 겹쳐 쓰는데 '목구멍소리'만 'ㆆㆆ'이 아니라 'ㆅ'을 쓴다. 그 이유는 'ㆆ'과 'ㆆㆆ'의 입안의 공간이 너무 좁아 음을 구분하기가 힘들다. 따라서 혀 가운데가 여린입천장을 누르는 'ㅎ'을 더 눌러 소리 나는 'ㆅ'으로 대체하였다고 본다.

또한 유일하게 조음위치의 모양을 표시한 'ㅅ'을 겹쳐 'ㅆ'을 사용할 수 있는 이유는 'ㅅ'이 혀끝을 아랫잇몸을 누르는 'ㅈ'을 만들 수도 있지만, 혀 끝이 아닌 혀 가운데 부분을 앞으로 내밀면서 'ㅅ'보다 음이 배로 높은 'ㅆ'의 소리를 낼 수 있기 때문이다.

5. 세종대왕이 직접 쓴「예의」편에 모음과 관련된 구절이다.

    "'ㆍ(아래아)', 'ㅡ', 'ㅗ', 'ㅜ', 'ㅛ', 'ㅠ'는 첫소리 아래에 쓰고, 'ㅣ', 'ㅏ', 'ㅓ', 'ㅑ', 'ㅕ'는 오른쪽에 쓴다."

    가운뎃소리인 모음을 쓰는 위치는 '구강'과 '인두'를 고려한 것이다. 소리가 울리는 위치인 'ㆍ(아래아)'가 구강인 'ㅡ'에서는 위아래, 인두인 'ㅣ'에서는 좌우에 쓴다. 따라서 실질적으로 가능한 위치인 아래와 오른쪽에 모음을 쓴다.

6. 가운뎃소리인 모음의 '부중침浮中沈' 관련 대목이다.
    가운뎃소리를 '부중침'으로 표현한 것은 입 속에서 각 모음의 위치가 어디인지 알리기 위함이다. 모음을 혀의 모양으로 표현하기 위함이 아니다.

"'아래아(ㆍ)'는 혀를 오므려서 소리가 깊으며, 'ㅡ'는 혀를 조금 오므려서 소리가 깊지도 얕지도 않으며, 'ㅣ'는 혀를 오므리지 않아 소리가 얕다."

이는 구강에서 소리가 나가는 높낮이다. '아래아(ㆍ)'를 발음할 때 혀가 위로 오므라져서 소리가 위에서 나서 깊은 '침沈'으로 표현하였다. 'ㅡ'를 발음할 때 혀가 가운데 있어서 소리가 가운데에서 나며, 소리가 깊지도 얕지도 않은 '중中'으로 표현하였다. 마지막으로 'ㅣ'를 발음할 때 혀가 아래에 있어서 소리가 밑에서 나며, 소리가 얕은 '부浮'로 표현하였다.

7. 팔종성가족용에 관한 구절이다.

"끝소리로 'ㄱ, ㄴ, ㄷ, ㄹ, ㅁ, ㅅ, ㆁ' 여덟 글자로도 충분히 쓸 수 있다."

특히 끝소리 목구멍소리 'ㅇ' 계통이 사용되지 않는 이유는 소리가 맑고 비었다고 「종성해」에 나온다. 구체적으로 'ㅇ' 계통은 소리가 울리는 여린입천장 위치인 아래아(ㆍ)와 가까이 있어서 모음과 구분이 어렵다. 따라서 끝소리인 자음으로 구분할 수 있는 위치가 어금닛소리인 'ㆁ'까지이다.

또한 오음 중에 'ㅈ'을 생략한 것은 조음위치 모양 중 유일하게 'ㅅ'은 구강으로 소리가 나기 때문에 'ㅈ'을 대신할 수 있다.

8. 『훈민정음해례본』을 제대로 해석하기 위해서는 'ㅅ'의 위치와 모양이 무엇보다 중요하다.
'ㅅ'은 아래 치아와 혀끝이 아랫잇몸을 닿은 모양을 본뜬 것이다. 본문에서 'ㅅ'은 지붕이 뒤집어 놓은 형상으로 집 구실을 할 수 없어 반듯하게 세웠다고 설명하였다. 그러나 'ㅅ'의 응용인 'ㅈ'과 'ㅊ'이 거꾸로 있으면 이 두 자음 다음에 모음인 'ㅡ'와 'ㆍ'가 왔을 때 글자 구분에 혼동이 있어 반대로 뒤집었다.

9. 정인지 「서문」에 글자는 소리의 원리를 따랐으며, 칠조 가락인 향악의 음율을 따랐다는 구절이 있다.

"소리의 원리를 따르되 그 음률音은 칠조七調 가락과 화합한다. 천지인 삼극의 뜻과 음양의 오묘함을 모두 갖추었다."

향악과 아악은 황종의 음높이에 차이가 있다. 향악은 서양 음악의 Eb(내림마)에 아악은 서양 음악의 C(다)에 가깝게 조율된다.

음악은 그 나라의 말에 영향을 받는다. 개인적으로 조선말의

향악의 경우

아악·당악의 경우

조음방법은 조음위치를 누르면서 소리를 내뱉기 때문에 조음위치에서 그냥 소리를 앞으로 내뱉는 중국말과 음의 차이가 날 수 있다고 본다.

또한 세종대왕이 얘기하는 '궁상각치우'는 황종율관을 제작하기 위해 꼭 필요하였다. 그러나 서양 음계의 '도레미솔라'라는 음계보다는 음 간의 간격을 확인하는 도구로도 볼 수 있다.

그리고 발성기관에 맞는 칠음을 따지려면 입안에서 그 음을 조율할 수 있는지와 조음위치 간의 음 간격이 일치하는지를 확인해야 한다. 그런 아악에서 정한 칠음인 '궁, 상, 각, 치, 변치, 우, 변궁'은 조음위치 간의 음의 간격이 맞지 않고, 변궁은 입에서 음을 조율할 수조차 없다. 이 책에서 소개한 아악의 음계인 '궁, 상, 변상, 각, 치, 변치, 우'도 음의 순서는 맞지만, 조음위치 간의 음 간격은 일치하지 않을 수 있다.

따라서 세종대왕이 얘기하는 칠음(ㅂ, ㅈ, ㅿ, ㄱ, ㄷ, ㄹ, ㆆ)은 향악의 음계인 황종, (대려), 태주, 협종, 고선, 임종, 이칙, 남려에 가깝다. 즉 오음인 황종(ㅂ), 태주(ㅈ), 고선(ㄱ), 임종(ㄷ), 남려(ㆆ)는 한음 간격으로 비슷하며, 이변인 협종(ㅿ)과 이칙(ㄹ)은 반음 간격으로 비슷하다. 그리고 '대려음'은 황종음(입술소리)과 태주음(잇소리)의 사이에 있는 음으로 입술을 내미는 정도로 조율할 수 있기 때문이다.

부록 二

한글의 표준 음운체계에 대한 검토가 필요하다.

1. 자음의 조음위치를 살펴봐야 한다.

    현재 우리가 배우고 있는 자음의 조음위치는 훈민정음의 원리를 많이 훼손한다. 예를 들어 가획의 원리, 사성 중 입성에 맞는 글자, 17자의 자음 모양을 제대로 설명할 수 없다. 특히 '궁상각치우'라는 음악적 요소에 안 맞는다.

2. 자음의 조음방법을 살펴봐야 한다.

    자음이란 입안에서 방해받으며 나는 소리이며, 자음은 스스로 소리를 낼 수 없다. 그런데 자음의 분류를 '울림소리'와 '안울림소리'로 구분한다는 것은 모순적이다. 이는 '모음' 역할에

자음의 조음위치

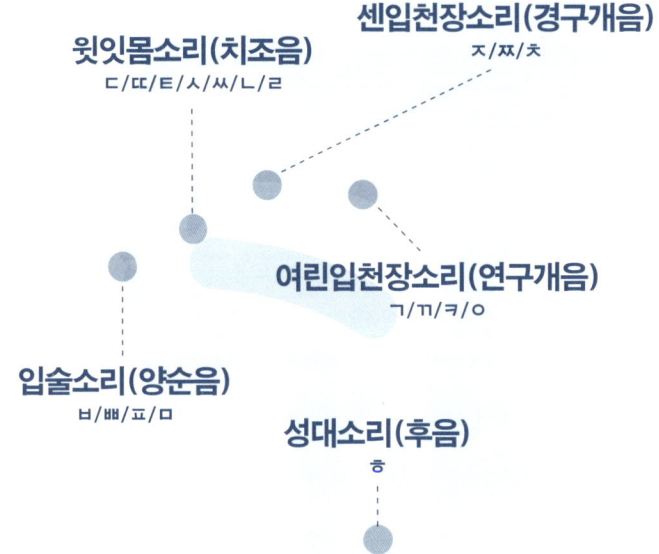

자음의 조음방법

안울림소리
- 파열음 ≋/☼ ㅂ/ㅃ/ㅍ/ㄷ/ㄸ/ㅌ/ㄱ/ㄲ/ㅋ
- 파찰음 ≋/⋀ ㅈ/ㅉ/ㅊ
- 마찰음 ⋀ ㅅ/ㅆ/ㅎ

울림소리
- 비음 🫁/☼ ㅁ/ㄴ/ㅇ
- 유음 ◎≋ ㄹ

가깝다.

자음의 조음 방식은 조음위치를 누르는 압력에 의한 '소리의 청탁'으로 구분해야 한다.

3. 모음의 구분을 살펴봐야 한다.

모음은 입안에서 별다른 방해를 받지 않고 나는 소리이다. 즉 모음은 입안의 조음위치와 무관하다. 그런데 모음을 혀의 앞뒤 위치, 입술 모양, 혀의 최고점 높이로 구분하였다. 이는 '자음'에 가깝다. 혀의 앞뒤는 조음위치, 입술 모양은 목구멍소리, 혀의 최고점 높이는 소리의 청탁과 비슷하다. 즉 칠음인 자음을 분류하는 방법과 같다.

그리고 현재 표준 음운체계에서 제시한 'ㅣ'와 'ㅡ'의 모음 위치가 '고모음'으로 같다. 이는 훈민정음에서 기본모음(・, ㅡ, ㅣ) 위치를 정확히 '부중침'으로 구분한 것과는 거리가 멀다. 모음의 구분은 '소리가 울리는 위치'로 정해야 다양한 소리를 표현할 수 있다.

4. 자음과 모음의 위치는 다르다.

훈민정음에서 자음은 구강, 모음은 입속으로 위치를 달리하였다. 현대에서도 음성학적으로 모음의 기본주파수를 살펴보면 인두의 영향을 받는 f1 주파수는 상대적으로 높고, 구강의 영향을 받는 f2의 주파수는 상대적으로 낮다. 이는 모음이 구강보다 인두의 영향을 더 받으며, 구강에서 일어나는 자음과는 위치가 다름을 의미한다.

'훈민정음은 세상의 말소리를 담기 가장 쉬운 문자이다'

혀의 앞뒤

후설 모음
ㅓ/ㅏ/ㅜ/ㅗ

전설 모음
ㅣ/ㅔ/ㅐ/ㅟ/ㅚ

입술 모양

평순 모음 ⃝ ㅣ/ㅔ/ㅐ/ㅡ/ㅓ/ㅏ

원순 모음 ⃝ ㅟ/ㅚ/ㅜ/ㅗ

혀의 최고점 높이

● ------ **고모음** ㅣ/ㅟ/ㅡ/ㅜ
● ------ **중모음** ㅔ/ㅚ/ㅓ/ㅗ
● ------ **저모음** ㅐ/ㅏ

참고문헌

『한글골프』 강상범 | 바른북스 | 2018

『명곡 최석정의 경세 훈민정음』 이상규 | 역락 | 2018

『훈민정음과 세종 악보』 최종민 | 역락 | 2013

『박연과 훈민정음』 박희민 | Human & Books

『훈민정음 창제와 연구사』 강신항 | 경진

『예기, 악기』 한홍섭 | 책세상

『백호통의 역주』 김만원 | 역락

『세종대의 음성학』 한태동 | 연세대 출판부 | 1998

『악학궤범』 렴정권 | 한국문화사 영인 | 1996

『훈민정음해례본』(국민 보급형) 이영호 | 달아실 | 2019

『훈민정음 연구』 강신항 | 성균관대학교 출판부 | 2003

『홍무정운역훈 연구』 김무림 | 월인 | 1999

『동국정운』 유창균 | 형설출판사 | 1997

『율려신서』 채원정 | 이후영 역 | 문진 | 2011

『용비어천가』 조규태 | 한국문화사 | 2007

『훈민정음과 파스파문자』 정광 | 역락 | 2012

『대한민국이 함께 읽는 훈민정음해례본』 김유범 외 | 역락 | 2020

『조선왕조실록3』 이덕일 | 다산초당 | 2019

『국악 개론』 한만영 외 | 서울대학교 출판부 | 1975

『훈민정음 창제와 연구사』 강신항 | 경진 | 2010

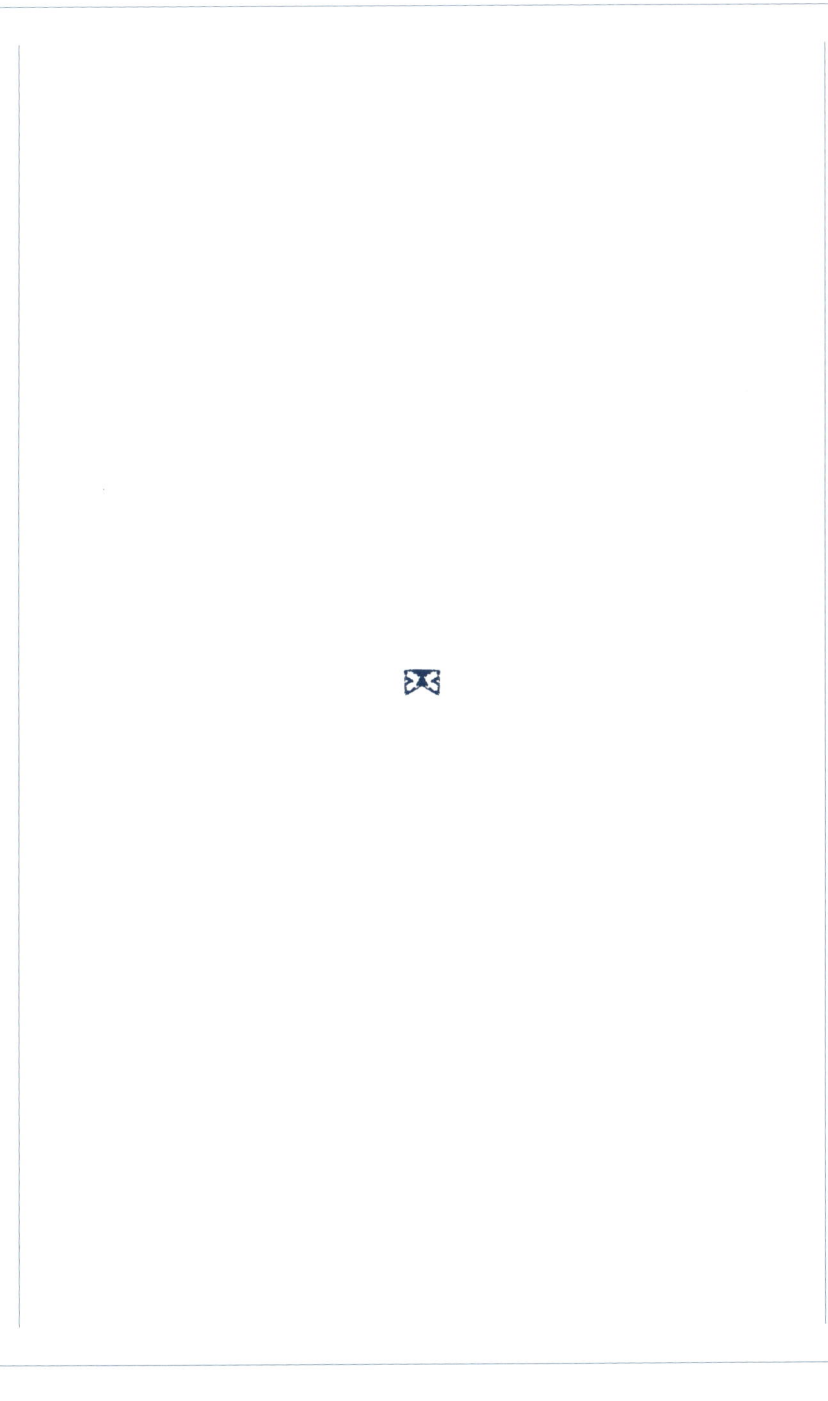

엄마, ∿∧∧∧∿

어머니, ─∧∧─

어머님 --------------------

고동치는 내 마음을 잠재우는 한마디, 어머니!
당신을 사랑합니다.

이 책을 사랑하는 부모님(강태현, 홍정숙, 故 고용언, 강정자)께 바친다.

궁상각치우
훈민정음을 연주하다

1판 1쇄 인쇄	2023년 7월 10일
1판 1쇄 발행	2023년 7월 15일
지은이	강상범
발행인	공정범
발행처	역바연
주소	경기도 용인시 수지구 수지로421, 503호
전화	031-896-7698
등록	2021년 11월 26일. 제 2021-000150호
ISBN	979-11-976930-8-3 03810

ⓒ 강상범

이 책을 만든 사람들

기획·편집	공지영
표지·본문 디자인	지노디자인 이승욱

- 책값은 뒤표지에 있습니다.
- 잘못된 책은 구입처에서 바꿔 드립니다.
- 이 책은 저작권법에 따라 보호받는 저작물이므로 무단 전재와 무단 복제를 금하며,
  이 책 내용의 전부 또는 일부를 이용하시려면 반드시 저작권자와 출판사의 서면 동의를 받아야 합니다.